鬼人幻燈抄

平成編　泥中之蓮

きじんげんとうしょう
へいせいへん　でいちゅうのはす

中西モトオ

双葉社

鬼《き》人《じん》幻《げん》燈《とう》抄《しょう》

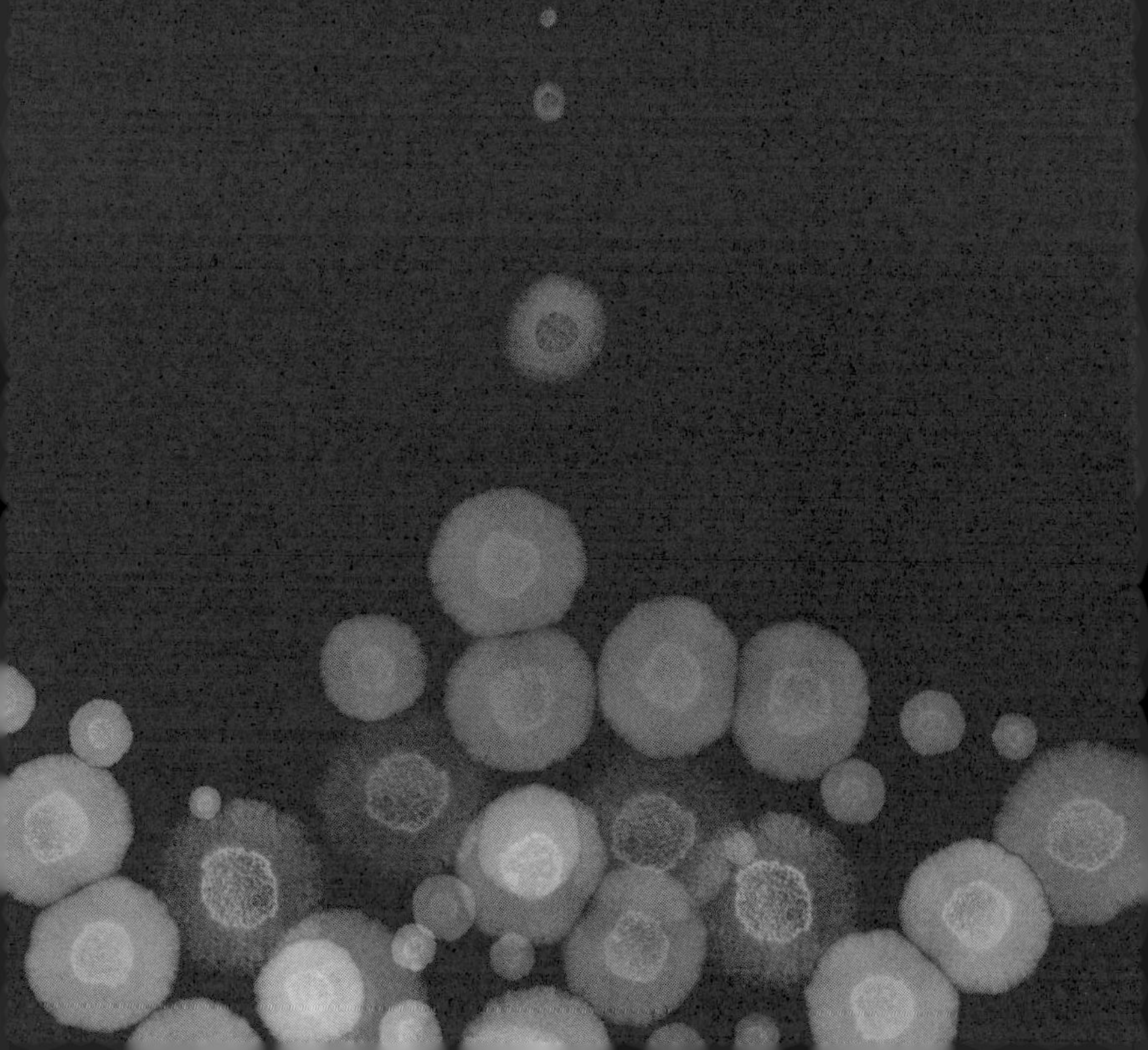

登場人物紹介

葛野甚夜《かどのじんや》
江戸時代、天保の頃から生きる鬼。平成の世に現れるとされた鬼神と対峙するべく、兵庫県葛野《かどの》市へやって来た。

姫川美夜香《ひめかわみやか》
葛野市にある甚太《じんた》神社の娘。いつきひめと夜の名を継ぐ者。

梓屋薫《あずさやかおる》
みやかの友人。明治時代に迷いこんだことがあり、その時は甚夜に朝顔《あさがお》と呼ばれていた。

吉岡麻衣《よしおかまい》
甚夜のクラスメイトの一人。体が弱くて読書が趣味の少女。

富島柳《とみしまやなぎ》
甚夜のクラスメイトの一人。中学生のころから、吉岡のことを何かと気にかけている。都市伝説のひきこさんに変貌したが、甚夜と吉岡によって自我を取り戻した。

藤堂夏樹《とうどうなつき》
藤堂芳彦《よしひこ》・希美子《きみこ》老夫妻のひ孫。父親の仕事の都合で、葛野市に引っ越してきた。甚夜とは、赤ん坊の頃からの付き合い。

根来音久美子《ねくねくみこ》
夏樹の幼馴染。小学生のころに意識消失を起こした夏樹を助けてくれたのが縁で仲良くなったが、その正体は……。

桃恵萌《ももえもえ》

甚夜のクラスメイトの一人。派手な格好をしていて、クラスでも中心グループの一員。十代目秋津染吾郎。

岡田貴一《おかだきいち》

江戸時代から、剣を極めることに専心し続けてきた鬼。平成の世では、コンビニの店長をしている。

藤堂希美子《とうどうきみこ》

華族・赤瀬《あかせ》家の娘。夫の芳彦とともに、大正時代から渋谷の映画館『暦座《こよみざ》キネマ館』を営み守り抜いてきた。

溜那《りゅうな》

大正時代に、南雲叡善《なぐもえいぜん》によって監禁状態で育てられてきた少女。甚夜によって助け出されたが、吉隠《よなばり》との戦いの中で鬼へと変貌した。

井槌《いづち》

叡善に仕えていた鬼の一人。その後、甚夜たちの仲間となり、戦前から戦後にかけて暦座を従業員として支える。

向日葵《ひまわり》

マガツメの心の断片から生まれた鬼女。甚夜のことを「おじさま」と呼んで慕っている。

鈴音《すずね》

甚夜の実の妹。正体は鬼で、甚夜の最愛の人・白雪《しらゆき》の命を奪った。この世の破滅を願ってマガツメを名乗り、甚夜に立ち塞がる。

鬼人幻燈抄　平成編

目次

装幀　bookwall（築地亜希乃）
装画　Tamaki

マガツメ

1

「姫と青鬼」。

この話は、私の過去をもとにしている。


ビルの隙間、街の明かりの届かないうらぶれた路地裏。武骨な太刀が月明かりに濡れる。敵を斬り裂き、今度は血に濡れた。

事もなげに異形《いぎょう》を両断した甚夜《じんや》は、ついと視線を滑らせる。

桃恵萌《ももえもえ》、今代の秋津染吾郎《あきつそめごろう》もまた異形と対峙《たいじ》している。相手は甚夜が斬った雑魚とは違い、百年を生きて異能に目覚めた高位の鬼だ。

『〈剔抉《てっけつ》〉』

ゆらり。上から下へ、乱雑に鬼の手が振り下ろされた。たったそれだけでアスファルトの地面が抉《えぐ》られる。単純な膂力《りょりょく》ではない。おそらく、あれが鬼の異能なのだろう。

勝ち誇るように鬼の表情が歪むが、萌もその程度では怯《ひる》まない。高位の鬼は確かに強大であり、十分に人智を超えている。だが、彼女を驚かせるには少しばかり足らなかったようだ。

萌がしなやかに踏み込むと、呼応して再度鬼の腕が振るわれる。それに対して彼女は同時にくるりと踊るように体を捌《さば》き、軽やかに横へ飛ぶ。相手もそれくらいは読む。追いかけるようにして、鬼の手が左から右へ薙《な》ぎ払われた。

「ねこがみさま」

しかし少女が携帯電話のストラップを揺らせば、攻撃はもう届かない。ファンシーな数体の猫が、飛んだり跳ねたり入れ代わり立ち代わり。ねこがみさまが鬼の異能を遮る。それだけでは終わらない。さらに数を増やした猫達が、今度は鬼自身を襲う。気の抜ける光景ではあるが一撃一撃は重く、徐々に追い詰めていく。

「ごめんね、これでおしまい」

いつの間にか距離を詰めた萌の拳が、鬼の腹に突き刺さる。

「もっぺん、ねこがみさま」

彼女の細腕では鬼の体は揺らがないが、密着した拳から数多《あまた》の猫が生み出される。逃げ場を失った力が一点に集中し、鬼は容易《たやす》く吹き飛ばされた。

『ぬ、が』

「別にあたし、命まで取る気はないよ。人に危害を加えないならね」

萌は痛苦に膝をつく鬼へ、あっけらかんと語った。

害意のない鬼は討たぬが秋津の信条。むやみやたらと人を殺す都市伝説や理性のない怪異ならともかく、理知的な高位の鬼の命をめったやたらと奪うつもりはない。そもそも今回は、依頼ではなく単なる遭遇戦。襲い掛かってきたのはあちらの方だが、悪事を働いたわけでもなく逃げ帰るならそれでいいという判断なのだろう。

その優しさが癪《しゃく》に障《さわ》ったのか、怒る鬼が強く奥歯を噛んだ。

『なに、を！』

「見逃すことに異論はない。だが、それ以上は容赦できなくなるな」

甚夜は、それをひと睨《にら》みで制した。睨みつけた途端に、鬼が痛苦に喘ぎ脂汗を流し始める。

吉隠《よなばり》を喰らったことで、いくつかの異能を得た。夜風《よかぜ》の〈織女《はたおりめ》〉、自分以外の対象一人を死なせない〈戯具《ぎぐ》〉。そして、かんかんだらの特性である〈邪視《じゃし》〉。その能力は「睨みつけた対象に痛苦を与える単純な呪詛《じゅそ》」だ。殺すには至らないが、実力差があればこうやって動きを封じるくらいはできる。

『分かった』

〈邪視〉を解いても、相手は立ち上がろうとはしない。甚夜と萌を交互に眺めて勝てないと踏んだのか、鬼は悔しそうに体から力を抜いた。

『人を襲いはせん。それでいいか』

「うん、おっけ。でもさ、一応聞かせてよ。なんで、あたしらにちょっかいかけてきたの？」

『マガツメだ』

鬼の呟きに、思わず甚夜の視線が鋭くなる。萌も同じく表情を硬くした。

『秋津染吾郎、鬼喰らいの鬼。マガツメに盾突く者どもを潰したかった。かの鬼神は、人に虐《しいた》げられる我らあやかしの希望と伝え聞いた』

「どこで聞いたのかは知らんが」

冷淡に鬼の言葉を遮る。声には若干の苛立《いらだ》ちが混じっていたかもしれない。

「あれは、そのような類ではない。できて精々《せいぜい》人の世を滅ぼすまでだ」

『構わん。人工の光に居場所を奪われた我らには、十分救いであろう。人に迎合する貴様には分からんかもしれんがな』

かつて〈遠見《とおみ》〉の鬼は語った。遠い未来、この国は外の文明を受け入れ発達していく。しかし、早すぎる時代の流れに鬼はついていけない。発達し過ぎた文明に淘汰されて、その存在を消していく。作り物の光を手に入れて人は夜を明るく照らし、代わりにあやかしは居場所を奪われる。そうして、いずれ鬼は昔話の中だけで語られる存在になるという。

平成の世にも、それを良しとしない鬼は少なからずいる。全てのあやかしが人と共にあろうと願っているわけではないのだ。

「そっか。でも、約束は守ってくれるのよね?」

『その程度の仁義は、持ち合わせているつもりだ』

「ならおっけ。鬼は嘘を吐かない、でしょ?」

『……慈悲には、感謝はする』

「うん！　なんだ、けっこう律儀じゃん」

『ふん』

あやかしが闇に消えて辺りに平穏が戻る。すると萌はすぐさま甚夜の方へ向き直り、いきなり両手を目の前で合わせて謝ってきた。

「ごめんね、甚。勝手に決めちゃってさ」

「いや、いい。秋津の信条も君の優しさも、曲げさせるつもりはない」

「へへ、あんがと。でもさ、ああいうのもいるんだね」

マガツメは、決して善良な存在ではない。人にとっては現世を滅ぼす災厄、秋津にとっては三代目の仇《かたき》、甚夜にはひと口で語り切れない因縁の相手だ。しかし、視点が変われば見え方も変わる。鬼からすれば現世を滅ぼす災厄は、救いの主に見えるのだろうか。

「そう、だな」

甚夜は小さく息を吐いた。愛しくも憎々しい妹との再会は刻々と近づいている。ただし相手はマガツメとして、現世を滅ぼす災厄になって。

思えば遠くに来たものだ。

歳月も心もあの頃からはかけ離れてしまったが、彼はいつかと同じ場所へ戻ってきた。

平成二十二年。

西暦にして２０１０年。始まりより百七十年後のことである。

◆

2010年1月。

藤堂夏樹《とうどうなつき》の生家は、『暦座《こよみざ》キネマ館』という街の小さな映画館だ。

大正時代から続く暦座は多くの人に愛され、小説の題材にもなった。この小説が後に映画化されたこともあり、それなりの知名度を持っている。暦座にはあやかしが出入りしていたので、夏樹にはその手の知り合いも多い。ただ彼自身に特別な能力はなく、争いとは縁のない比較的穏やかな高校生活を送っていた。

「しまった。弁当忘れた」

今日もいつも通り幼馴染《おさななじみ》の根来音久美子《ねくねくみこ》と一緒に昼食をとろうとしたところで、弁当を忘れたことに気付く。しかも、こういう日に限って大好物のサバの塩焼きだ。

「やっちゃったね。なっき、お昼どうする?」

嫌味なく笑う久美子は、葛野市《かどのし》に引っ越して最初に知り合った友人だ。お互いにあだ名で呼び合うくらいには親密で、彼女の正体がくねくねと呼ばれる都市伝説だとしても特に気にしていなかった。

「今から購買行くのもなぁ。学食にするわ」

「じゃ、私もそれで」

「悪いな」

「大丈夫、代わりにからあげ一個もらうから！」

「俺の昼のメニュー、もう決まってんの？」

軽口を叩き合いながら、なんだかんだと付き合ってくれる彼女に感謝して席を立つ。普段と変わらないやりとりだ。ただ、教室から出ようとしたところで周囲にざわめきが起きた。男子が妙にそわそわしており、皆一様に教室の出入り口を凝視している。

「おい、あれ」

「なんだ、あの小さな子」

誰か有名人でも来たのか、と夏樹は何気なくそちらを見てぎょっとした。

「ん……」

年の頃は十四歳くらい。幼くも整った顔立ちの、ワンサイドを三つ編みした女性がいる。幼い容姿にもかかわらず女性だと認識できたのは、彼女の実年齢を知っているから。騒ぎの原因は、夏樹にとっては見慣れた顔だった。

「溜那《りゅうな》姉ちゃん？」

彼女は暦座に住み込みで働く人造の鬼神で、名は溜那。幼い頃から何かと面倒を見てもらっており、甚夜が爺ちゃんなら彼女は姉ちゃんといったところだ。

「あっ、なつき」

夏樹の姿を見つけた溜那が、とてとてと教室に入ってくる。

かんかんだらの一件が終わった後、彼女は東京へ帰らず葛野市に残った。マガツメが現れる日は近いし、少しでも甚夜の力になりたかったのだろう。だが、残念ながら甚夜の住居はワンルームマンションなので、数日ならともかく溜那を長く住まわせておけるほど広くはない。そこで藤堂の家に間借りすることとなったのだ。

両親も大歓迎だった。なにせ夏樹の父にとっても、溜那は姉のようなものである。そういう理由で、このところ夏樹は彼女と一緒に暮らしている。

「お弁当。リビングに忘れてた」

どうやら気付いて届けに来てくれたようだ。まったくの善意だが、優しさを悪くとらえる者はどこにでもいる。

「えっ、じゃあ一緒に住んでるの？」

「学校、行ってないのか」

クラスメイトの呟きに教室がしんと静まり返る。幼く見えても、溜那の実年齢は夏樹よりも遥か上だ。傍目《はため》には引きこもりの少女か、わけありの子供をいいように使っているとでも思われたらしい。好奇や侮蔑《ぶべつ》に近い視線が夏樹に集まっていた。

「あ、ああ。姉ちゃん、ありがとう」

「ん、気にしないでいい。遠慮はいらない」

「そっか、じゃあ確かに受け取ったから。気を付けて帰ってな」

余計な反感を買う前に帰ってもらおうと思ったが、溜那が不満そうに頬を膨らませる。

「最近、なつきは冷たい。昔はいっしょにお風呂入ったりしたのに」

「事実だけど、それを教室で言うのはどうかなぁ！」

再び嫌なざわめきが起こった。軽い言い合いの後、彼女は目付きを鋭く変えた。

「あと、学校を少し見て回る。ここは、嫌なにおいがする」

人から外れた溜那の勘が、この場所に何かよくないものを感じ取ったらしい。

◆

吉隠が倒され、捏造《ねつぞう》された都市伝説の事件はとりあえず決着がついた。だからと言って何もかもが片付くわけではなく怪異がらみの事件はどこかしらで起こっているが、甚夜たちの周囲は一時期と比べれば落ち着きを取り戻していた。

予言されたマガツメ再臨の年を、甚夜は戻川《もどりかわ》高校の生徒として迎えた。白峰八千枝《しらみねやちえ》の件や鬼としての姿を晒《さら》したことから退学も考えたが、みやかがそれを止めた。

『今度は、ちゃんと向き合いたいって思うから。もう少しいて欲しい。そう思うのは、わがままかな？』

先生の件は、もうけじめをつけたから大丈夫。正体が鬼だって意味を軽く考えすぎていた。怖くないとは言えないけど、今度はちゃんと向き合いたい。

物言いこそは静かだが、彼女のそれは懇願に近かった。

他の者も、彼の鬼姿に対して好意的だった。萌にいたっては、怯《おび》えるどころか声を上げて喜んだ。師から伝え聞いた姿を直に見られてご満悦といった様子である。かつての甚夜を知っている薫《かおる》にとっては、正体が鬼どうこうはあまり気にならなかったようだ。「だからどうしたの？」と本気で言ってしまう辺り彼女らしい。

意外だったのは、気弱な麻衣《まい》が特に拒否感なく甚夜の正体を受け入れたことか。よくよく考えてみれば、ひきこさんに堕《お》ちた柳《やなぎ》と似たようなものと言えなくもない。危害を加えないのであれば、鬼もさほど怖くないのかもしれない。

子供達は、甚夜が思っているよりも遥かに強かった。彼ら彼女らの心遣いに感謝し、鬼喰らいの鬼は今も高校生をやっている。

「まあ、なんだ。あの子もお前のためを思って届けに来てくれたんだ。そう邪険にしないでやってくれ」

「分かってるよ。でも、お風呂のことは勘違いさせると思うんだよな」

昼休み。騒然とした教室から離れて、いつものメンバーは特別棟の空き教室で昼食をとっていた。その中には、騒ぎの発端である溜那の姿もあった。

あやかし関係の仕事で、一部の教師にいくらか恩は売ってある。乱用するのは卑怯にも思えるが、溜那と一緒に教室で食事をするわけにもいかず、今回は甚夜が教師に頼んで使っていない教室を借りた。昼の時間いっぱいをここで過ごし、ほとぼりが冷めるのを期待するしかない。

「溜那も。悪いことをしたわけではないが、ほんの少しの気遣いで避けられた騒ぎだ。夏樹を可愛いと思えばこそ、今後は考えてあげて欲しい」

「分かった。なつきも、ごめんなさい」

「いい子だ」

頭ごなしに叱りつけるのではなく、ほどほどに窘《たしな》める程度に注意する。甚夜がくしゃりと手櫛《てぐし》で髪を梳《す》けば、溜那は気持ちよさそうに目を細めた。

「みやかたち、元気？」

「どうも、溜那さん」

溜那とみやかたちが軽く挨拶を交わしている。不思議に思ったが、吉隠に襲われた時に助けられた縁で、冬休みの間も何度か顔を合わせていたそうだ。

一番親しくしているのは薫で、実は都市伝説の事件が起こるよりも前から溜那のことを知っていたらしい。薫は映画「暦座物語」のファン。テレビの特集で暦座が取材されていた時、館長夫妻の後ろに控えていた溜那の顔を覚えていたのだ。

ちなみに映画にも「溜那」という役柄はあって、高校生の新人アイドルが演じている。場面は希美子《きみこ》夫人の若かりし頃。大正華族であった夫人の屋敷で働く庭師「爺や」の姪《めい》で、箱入り娘だった希美子の数少ない友人として登場する。とはいえ映画では回想シーンでしか出番がなく、当然だがその正体には触れていない。暦座キネマ館に身を寄せたことも語られてはいなかった。

それでも映画ファンからすると「本物」に会えたというのは嬉しいらしく、冬休みにその事実を知った薫は大騒ぎしていた。

「あまりくどくど言っても仕方ない。ここいらで終《しま》いにしよう。夏樹も許してやってくれるか？」

「そりゃ別に怒ってたわけじゃないし、いいんだけど、変な噂立ってないかな」

「そこは勲章の一つということで、飲み込んでもらえれば嬉しいな」

「なんか損してる気がする」

「そう言うな。意地張ってこその男の子だろう」

「今の時代、男だ女だは時代遅れなんだよ、爺ちゃん」

やりとりを聞いていたみやかが、くすりと笑う。

「ほんと、お父さんだね」

「夏樹にしろ溜那にしろ、かわいい子供たちではあるな。だが、精々おじいちゃんだと思うぞ。親というには背負うものが少なすぎる」

「そんなもの？」

「ああ。父親なら、もう少し口うるさくなる。そうしないでいられるのは、多少なりとも距離が離れているからだ」

逆に言えば、口うるさいのはそれだけ心配しているから。例えば誰かの父親のように。言葉の裏を察したようで、みやかはばつの悪い顔をしていた。

「どしたの、みやか？」

「うん、ちょっとね」

萌の指摘を軽く流して、みやかが静かな微笑みを浮かべる。

「もう一年経つなぁ、って」

「あっと言う間だったもんね。なんかやだなぁ、二年になったらクラス替えあるし。そのまま持ち上がりでいいじゃんね？」

「ふふ、気持ちは分かる、かな」

「でっしょ？　まあ、その前にそろそろおっきいイベントあるから、ちょっと気合い入れなきゃな感じだけど」

「えっ？」

一瞬、萌の目がやけに鋭くなった。かと思えば、にぱっと明るく笑う。明らかな誤魔化しだ。以前のみやかなら、ここで気付かないふりをしただろう。しかし、かんかんだらの件で心境に変化があったのか彼女は一歩踏み込んだ。

「あんまり、無理はしないでね」

「へへ、あんがと。それ、甚にも言ってやってよ。すっごい喜ぶと思うからさ」

「そう、だね。頑張る」

「いや、そこは頑張らないでも言えるようになろうよ。ごめん、あんま人のこと言えないわ」

そこはお互いこれからの努力次第ということで。話にオチをつけて、彼女達は再び弁当を食べ始めた。

「と、そろそろ戻るか」

その後は和やかに食事を続け、昼休みも終了間際。甚夜の合図で後片付けを始める。ゴミを集め終えて、さて戻ろうかという時、溜那がみやかの袖口をくいと引っ張った。

「えっと、どうかしましたか？」

溜那は幼さには見合わない穏やかな笑みを浮かべている。

「安心した。大丈夫そうだから」

「は、はぁ？」

言うだけ言って溜那は満足したらしく、説明もなく離れていった。

みやかはその意図が理解できなかったらしく小首を傾げていた。

◇

冬の日はすぐに落ちる。放課後の夕暮れの時間は短く、すぐに辺りは暗くなってしまう。

富島《とみしま》柳が帰宅の準備をしていると、先に甚夜が教室を出ていくのが目に入った。

「おっ、甚夜。もう帰りか？」

「いや、少し〝おしごと〟があってな」

授業が終わればクラスメイト達は部活や図書室での勉強、遊びにと、各々の予定のため教室を出ていく。甚夜も今日は忙しいらしい。捏造された都市伝説の事件が片付いても別の都市伝説は依然存在しているし、それらとは異なる昔ながらの怪異もある。今回は学校とは関係ない伝手《つて》からの依頼があり、早めに向かわないといけないそうだ。

「相変わらず大変だなぁ」

「仕方ない。放っておくのも気が引けるし、何より生活のためだ」

「あ、そういう理由？」

「今の世の中、水を飲むのにも金がかかるからな。柳も覚悟しておくといい」

「生々しい……」

二学期から冬休みにかけて男連中で過ごすことも増え、今ではお互い名前で呼び合うような関係だ。「一緒に酒を呑めないのは少し寂しいな」と言われた時は、柳もさすがに反応に困ったが。酒は成人するまで待ってもらうとして、今はとりあえずガムくらいで勘弁してもらう。

「ほい、眠気覚ましのガム」

「すまないな」

甚夜はそれを受け取って口に放り込むと、挨拶もそこそこに教室を出ていった。

人知れず怪異を討つ剣士。なんとも不思議な男と知り合ったものだ。都市伝説になった自分も大概か、と柳は去っていく背中を見送りながら軽く笑う。

「でも、覚悟かぁ」

高校一年もそろそろ終わり。二年生になったら進路等を考えないといけなくなってくる。以前に男連中でその手の話をしたが、甚夜は「蕎麦屋《そばや》でもやるか」と軽い調子で言っていた。

なぜ蕎麦屋？　と思ったが、麻衣が言うには「明治の頃の彼は、蕎麦屋を営みつつ裏では怪異の討伐を生業《なりわい》としていた」ということ。確かに、甚夜に似合っている。そういうのも面白そうだが、いくら〈ひきこさん〉の力があるとはいえ自分には向いていないか。

「やなぎくん？」

「ああ、俺らも帰るか」

安定した職について、しっかり稼げるようにならないと。麻衣の顔を見ていると自然にそういう考えが浮かんできた。

「吉岡《よしおか》さん。帰るの？　今度一緒にカラオケ行かない？」

「あ、えっ。あの」

「はは、可愛いなぁ。考えといてくれな」

いや、今は将来のことよりも、〝最近、麻衣に声をかける男子が増えてきた問題〟について考える方が先決だ。二学期、ふとしたきっかけで「お昼の放送の謎の女の子」の正体がばれてしまった。そのせいか麻衣を誘う男子が少なからず出てきていた。

「富島ぁ、ぼやぼやしてるとやばいんじゃない？」

「そこ、うるさい」

クラスでも派手な女子グループが柳と麻衣をにやにやと見ている。悪意の視線ではない。だいたい余計な茶々を入れたのは桃恵萌。からかう意図が透けていた。

「麻衣も大変だねぇ」

「そ、そんなことないよ？」

麻衣がはにかんで返す。これ以上ちょっかいをかけられては堪《たま》らない。柳はぐっと麻衣の手を握って、若干大きめの歩幅でずんずんと進んだ。

麻衣は戸惑いつつも「じゃあ、また明日」と手を振っていた。

◆

教室で気楽なやりとりができる程度には平和が戻ったが、静かに忍び寄る異変に気付く者もいる。甚夜や溜那だけでなく、桃恵萌も街に漂う嫌な気配を察していた。

「あの二人、おもしれえ」

「でっしょ？　あ、でも変なちょっかいのかけ方したら怒るかんね」

大口開けて笑う仲間に、一応釘をさしておく。麻衣は以前いじめられていた経験がある。二度目はないようにしてやりたかった。その辺り、萌の友人は基本いい奴らだから問題はないだろう。

「分かってるって。そろそろ私らもいこーよ。あ、今度、葛野の奴も誘ってくんない？」

「あー、それはまあ、タイミングが合ったらね」

前に首なしライダーの話を持ってきた女子だ。どうやらあれ以来彼に興味津々なようで、ことあるごとに「誘って」とお願いされる。彼女だけでなく、甚夜のことが気になる女子はちらほらいる。例のお弁当先輩もその一人で、甚夜への攻勢は三学期になっても続いていた。

「あっ、葛野の話で思い出したんだけどさ。そういや最近、郊外の廃ビルで赤ん坊の声が聞こえるって噂流れてんのよね」

ぽろりと零《こぼ》れた話に萌は目を細める。

「へえ？　それ、どんな話？」

「そのまんま。誰もいないはずの廃ビルの中で、赤ん坊の声が反響してるってやつ。度胸試しに行った男どもが、泣きながら逃げてったんだってさ。なっさけな。あと、ちっちゃい女の子が出入りしてるとかなんとか。まっ、でもこの街には『鬼を斬る夜叉《やしゃ》』がいるし大丈夫じゃね？」

何とも分かりやすい話だった。

百七十年を踏み越えてきた鬼と同じく、秋津染吾郎もまた数多の想いを継いで現在へと至った。

そしてマガツメも、ようやくいつか抱いた願いをかなえるために動き始めたのだ。

2

桃恵萌は夜歩きする機会が多い。友達連中と遊び歩くばかりではない。見た目は今どきの女子高生だが、彼女は秋津の十代目。あやしげな話が舞い込むこともそれなりにあり、そうすれば怪異を探して夜の街に繰り出す回数も増えてくる。

「だから、客なんて探してないっての！」

彼女の容姿やスタイルから、性質《たち》の悪いオヤジ連中や軽薄そうな若者が声をかけてくるのはしょっちゅうだ。今夜も「いくら？」なんて聞いてきた中年を一蹴し、不機嫌顔で調査に戻る。時には警察官が補導しようとしてきたりもする。誰のために夜歩きをしていると思っているのか。少しだけ苛立ってしまう。

「感謝しろとは言わないけどさ。あーあ、昔はこんなことなかったんだろうなぁ」

例えば江戸の頃は、京都で秋津といえばすぐに付喪神《つくもがみ》使いへと行きついた。明治の後期から大正にかけて、四代目秋津染吾郎は稀代《きたい》の退魔と謳《うた》われた。そして、現代。怪異も都市伝説もフィクションだと断定され、それを討つ者達も「幸運を招く壺《つぼ》買いませんか？」とあやしげな品物を売るようなオカルト商法と同列に扱われる。時代の流れとはいえ、切ないものがあった。

萌は以前に遭遇した高位の鬼を思い出す。人工の光に街の片隅へと追いやられた鬼は、マガツメの降臨に希望をかけた。彼女自身は平成の世を覆そうなどと考えないが、正直に言えば鬼の気持ちは分からないでもない。居場所を奪われ、存在しないものとして扱われる。鬼達の嘆きは、価値を認められなくなった退魔のそれとよく似ていた。

「だからって、見過ごせないけどさ」

彼女は人であり、今の生活を好み、理不尽な犠牲を見過ごせない。鬼への同情も、郊外にある目的の廃墟を捉えたことで消え去った。

兵庫県葛野市はもともと大きな都市ではなく、中心部から離れるとすぐにコンクリートの建物と緑の木々が混在する景色に変わる。件《くだん》の施設はそういう場所に建てられた、二階建ての横に長いボウリング場だった。

昭和四十六年頃。第一次ボウリングブームの頃にはそれなりに人気もあったが、交通の便が悪く流行りが過ぎ去った後は瞬く間に廃れてしまった施設だ。管理していた企業は倒産。買い手も見つからないままに歳月だけが過ぎ、建物は緑に浸食されて老朽化が進み、今では人がほとんど寄り付かない。

ただ、どこにでも「妙な趣味の人」というのはいて、一部の心霊マニアや廃墟マニアが時折そのおどろおどろしい雰囲気に誘われて訪ねるそうだ。今回の噂の出所は、廃墟で度胸試しをしていた心霊マニア。曰《いわ》く、「誰もいないはずの場所で、折り重なるように赤ん坊の泣き声が聞こえてきた」。なんともらしい話である。

「わお、雰囲気出てるなぁ」

萌はボウリング場の外観を眺めて顔をしかめた。

ガラスの窓は無惨に割られ、ツタに覆われたコンクリートの壁は所々ヒビが入っている。当然ながら光はない。いかにもな廃墟だ。場数を踏んでいる彼女でも、多少躊躇《ためら》ってしまう。幽霊だろうが妖怪だろうが問答無用でぶちのめす力量があっても、怖いものは怖い。加えて、かんかんだらの件もある。いくら十代目秋津染吾郎でも、それを上回る怪異も存在する。迂闊《うかつ》な行動はとりたくなかった。

そう思っていた矢先、二階の窓際に人影が見えた。

「……え？」

八、九歳くらいの女の子がいた。焦って走り出したりはしない。被害者を救おうと心霊スポットに足を踏み入れたが実は亡霊の罠でした、というのは怪談の鉄板だ。あの少女自体が幽霊や化物ではないとは言い切れない。それに、他の可能性も十分理解している。

手は自然と携帯に伸び、百年を生きる親友にコールする。だが、何度鳴らしても出てくれない。確か今日は〝おしごと〟があると言っていた。駄目だ、これ以上は待てない。単騎での突入は無謀だと思うが、もしもあの女の子が罠でなく単なる被害者だとしたら。その想像が一歩目を踏み出させた。

「もう、しゃあないっ」

幸いにも窓は割れている。ガラス片で肌を切らないよう注意しながら施設内へと侵入する。照明は壊れているし、そもそも電気も水道も通っていない。懐中電灯などは持ってきていないが、特に問題はない。

「行燈《あんどん》」

〝ひるあんどん〟と書かれた、行燈の和風ストラップ。これも付喪神で、当然ながら能力は簡易照明だ。薄ぼんやりとした灯を浮かべてボウリング場内を調べる。受付を通り過ぎると、ロッカールームや談話スペースがある。料金表やボウリングボールなどは、営業していた時のまま残されていた。

ぎしり、傷んだ床が嫌な音を立てる。放置された古びた自動販売機を見ると、売られているドリンクは瓶だけ。今時珍しいが、当時はこれが普通だったのだろう。第一次ボウリングブームは大層な騒ぎで、皆がこぞってボウリング場へ訪れたらしい。しかし今は見る影もない廃墟。これもまた、時代に捨てられたものの末路なのかもしれない。

感慨に耽《ふけ》っても意味はない。周囲を警戒しながらも二階へと昇る。二階は全てレーンになっている。窓はあるが若干高めの位置で、間違っても幼い子供が偶然映り込んだりはしない。つまり、あの少女はあちら側の存在だろう。

警戒しながら施設内を進み、二階のレーンに辿り着いたところで萌はその光景に息を呑んだ。

「なに、これ」

おぎゃあ、おぎゃあ。

確かに、赤ん坊の声が聞こえる。当初は渋谷七人ミサキのような怪異を想像していたが、実態は違った。声が聞こえるも何も、本当に何人もの赤子が放置されている。ざっと数えただけでも十人、火がついたように泣いていた。

「捨て子、じゃないわよね」

赤ん坊を心配しつつも駆け寄れなかったのは、その光景があまりにも異様だったから。実はここは捨て子の有名スポットでした、なんてオチならどれだけ楽か。無論そう上手くはいかない。異様なのは赤子だけが理由ではなかった。

「新しい？」

屈み込んで床にそっと触れる。二階に入ってから、嫌な床の音は途端に消えた。ここの床は板張りではあるが綺麗にワックスがかかっていて、あまり傷んでいない。レーンや放置されたボウリングボールも妙に真新しい。まるで、昨日リフォームしたばかりのようだ。その一方で一階は廃墟のまま。いくらなんでもおかしい。

「こんばんは、秋津さん」

びくりと体を震わせた萌は、飛び退いて声の主に対峙する。肩まで伸びた自然な色味の栗色の髪は柔らかく波打ち、年齢に反してほっそりとした顔の輪郭は、可愛らしさよりも綺麗という印象が強い。白レースがあしらわれた黒を基調としたブラウス、それに合わせたスカート。童話の表紙に描かれるような出で立ちだ。街中で目にすれば「お人形さんみたいな女の子」で終わっただろう。しかし、会う場所が変わるとこうも歪《いびつ》に映る。

「あんたは」

「初めまして。向日葵《ひまわり》と申します」

これが初対面。しかし桃恵萌は、秋津染吾郎は彼女が何者かを知っている。

「ひまわり。マガツメの娘」

いずれ現世の全てを滅ぼす鬼神となるマガツメの娘、その長女。萌は葛野甚夜の、秋津染吾郎の仇敵と百年を越えて再会した。

「あまり驚かないのですね」

「そりゃね」

冷静さが意外だったのか、向日葵はきょとんとしている。先ほどの少女が幽霊でも妖怪でも被害者でもなくマガツメの眷属《けんぞく》である可能性は、初めから考えていたのだ。

「なに？　ここマガツメの隠れ家？」

「いえ、違いますよ。一時期は確かにいましたけど、今はもういません」

「一足遅かったかぁ」

「そうですね。ですが、さすがは今代の秋津。三代目は飄々《ひょうひょう》としながらも思慮深い方でしたが、貴女《あなた》もです。ここに来るのは、おじさまだと思っていましたから」

驚きはしなかったが、言葉の意味が理解できず聞き返す。

「へ？　どゆこと？」

「はい？」

向日葵の方は、小首を傾げる萌にこそ驚いているようだった。退魔と鬼女は、なんとなく噛み合わないまま見つめ合う。

「秋津さんは、噂を聞いたからここに来たのでしょう？」

「うん。なんか赤ん坊の声が聞こえるとかなんとか。あと、ちっちゃい女の子を見たってのもあったっけ」

「合っています。それでいて私が、マガツメの娘がいることに驚かなかった。つまり、ある程度は予測していたのでは?」

「今の時期になんか企んでそう、くらいには」

「だったら当然、噂自体がおじさまを誘《おび》き寄せるものだと気付いたのでは」

向日葵は萌が「誘き寄せるための罠だと看破した上で、敢えて乗ってみせた」のだと判断した。だが真相は、ほとんど衝動的に動いたらマガツメの眷属にぶち当たった程度のものだ。互いの認識の齟齬《そご》に遅れて気付いた萌は、思わず目を泳がせる。

「ま、まあ、当然ね。あんたたちの悪だくみなんか、分かりやす過ぎて逆に引くくらいだったけど」

「もういいです。分かりましたから」

誤魔化しきれるはずもなく、冷たい視線が注がれる。

こほん、と咳払いして仕切り直し。向日葵は再び笑顔で話を続けた。

「ともかく、ここはお母様の住処《すみか》ではありません。それに、悪だくみでもないです。だって、お母様の心は企みでなく純愛ですから」

先程までの弛緩した空気は一気に引き締まった。おぎゃあ、おぎゃあ。泣き続ける赤子の叫び声をBGMに、暗闇からすぅと影が浮かび上がる。照らし出されたその姿に、萌は警戒を強めた。

「まずは、ご挨拶を。この子は末の妹、名を鈴蘭《すずらん》と言います」

目も鼻も口もないのっぺらぼう。ぬるりと白い肌、奇妙なくらい長い手足がゆらゆらと揺れている。醜悪で見るからに恐ろしいといったわけではない。むしろ、シンプル過ぎて逆に気味が悪かった。

無貌《むぼう》の鬼。初めて見る怪異に萌は身構える。じりとわずかに退いたのは、初見でも聞き覚えがあったから。マガツメの娘は、そもそもが無貌の鬼だと伝えられている。地縛《じしばり》は南雲和紗《なぐもかずさ》。古椿《ふるつばき》は三枝小尋《さえぐささひろ》。向日葵以外の娘達は、人を喰らうことで自我や記憶、容姿を獲得する。

つまり鈴蘭は、まだ人を喰らっていない娘。末の妹というからには、生まれて間もないのかもしれない。これから誰かを喰らい、そこで初めて人格が成立する。ならば見過ごせないが、油断もできない。萌は懐から鍾馗《しょうき》の短剣を取り出し、いつでも動けるように腰を落とす。

「純愛ねぇ。結局、赤ん坊集めてなにしてんの？」

「集めていたわけではありません。これらは母の為したこと、鈴蘭の異能とは関係ないです」

「へぇ。じゃ、その異能って？」

「教えて欲しいですか？」

退魔と向かい合っているにもかかわらず、向日葵の応答は呑気である。反対に萌は固くなった。見たところ向日葵は戦いには向いていない。ただし、後ろに控えた鈴蘭なる鬼女は別だ。お世辞にも思慮深いとは言えない萌ではあるが、若くしてそこそこ場数は踏んでいる。そういう彼女をしても、あれは得体が知れない。強いのか弱いのか、大まかな判別さえできないでいた。

警戒は怠らない。姉妹を明確な敵と認め、その一挙手一投足に注意を払う。

「では、お望み通り〈鈴蘭《すずらん》〉を披露してあげましょう」

ぐにゃり、無貌の鬼は蠢《うごめ》く。姉の言葉に呼応し、鈴蘭はその白い腕を伸ばした。

「ねこがみさま」

携帯のストラップを揺らせば、顕《あらわ》れるのはファンシーな猫の付喪神。同時に距離をとる。最大戦力の鍾馗は、射程距離が短い。異能を把握できていない高位の鬼相手では博打《ばくち》が過ぎる。

数多の都市伝説や高位の鬼、何より〝かんかんだら〟。この一年はあまりにも濃密であり、それが功を奏した。自身よりも遥かに強い怪異との戦闘経験が、優れた能力任せの未熟な退魔に慎重さと思考することの大切さを教えてくれた。

（腕、っていうか鞭《むち》？　距離が掴《つか》みにくい。まずは、どこまで届くか。どんだけの威力があるか。ちょっとずつ計る）

間合いや力量、どの程度動けるか。後は、どのような異能を持つのか。できるなら向日葵の狙いも知りたいが、それは高望みだろう。相手はマガツメの娘、あきらかに格上だ。先日の高位の鬼のように容易くはいかない。果敢に攻めて気付けば嵌《は》められていた、という状況は避けたかった。

「意外と冷静ですね」

「そりゃね。命の懸けどころくらいは弁《わきま》えてるってのっ！」

声にならない呻《うめ》き、鞭のようにしなる白く長い腕。届く距離は、鍾馗より2〜3メートルは長い。躱《かわ》した一撃が叩きつけられれば、真新しい床はいとも簡単に砕けた。

射程はそれなりで、威力は大きい。だが、別段やりにくいということもない。しなる鞭は予測し難いが、繰り出す鈴蘭の動き自体は単調だ。まだまだ読みの浅い萌でも、冷静に対応できるレベルでしかなかった。

だからこそ怪しいとも思う。拙《つたな》い攻めは演技ではないが、最後に生まれた娘であるからには相応のものを持っていてしかるべき。鈴蘭には、まだ何かある。おそらく今の状況を一発で覆すだけの異能が。

「犬神《いぬがみ》、ねこがみさま。頑張れ！」

後手に回るのはまずいと、次々と付喪神を繰り出す。しかし届かない。攻めは拙いが、相手の反応は並ではない。間合いに攻め入る犬や猫を、しなる鞭で軽々と吹き飛ばす。

身体能力では明らかに鈴蘭が優る一方、一撃の威力ならば鍾馗を持つ萌が上回るといったところか。つまり、要点は「どうやってデカいのをぶち込むか」。ベタな手だとジャブで体勢を崩して渾身《こんしん》のストレート、あるいは攪乱《かくらん》して不意を打つか。手数の多い萌ならばどちらも選べるが、果たして上手くいくかどうか。

「でも、やるっきゃないか」

不安はあるが躊躇いはない。今この場で勝つことだけが意味を持つような状況ならば、多少の無茶は当たり前、命だって懸ける。しかし、ここは死地でない。ある程度能力を把握したなら、最悪逃げて態勢を整えてもいい。危険を冒すよりもそちらの方が甚夜は喜ぶだろう。一方で、後のことを考えればマガツメの眷属を討ち取っておきたいのも本音としてある。可能ならばと一歩を踏み込むと同時に、ぎらりと鬼の眼光が彼女を貫いた。

びくりと体が震える。目がない。なのに、睨みつけられたと思った。

萌は足を止められた。異能による拘束の類ではない。単純に射竦《いすく》められた、それだけの気配を鈴蘭は発していた。

両の足で踏ん張りすぐにでも動けるように構えて、鍾馗の短剣をギュッと握りしめた。怯えかけた心を奮い立たせて鬼女を睨み返す。

『ア、アァ……』

のっぺりとした鬼女の姿がぶれた。目は逸らさなかったのに、霞んで見えるほどの速さだ。警戒に全身を強張らせる。四肢に力が籠る。次いで、がしゃんとガラスの割れる音がした。

『…………えぇ』

鈴蘭は有り余る身体能力を費やし、尋常ではない速度で窓ガラスを突き破った。何をするかと思えば、全力で逃げたのだ。

気付けば向日葵の姿もない。ボウリング場には力強く構えた萌だけが取り残された。

◇

同じ頃、甚夜は別の場所であやかしとやりあっていた。

最後の異形を躊躇いなく斬り伏せる。今夜の依頼は、戻川高校の体育教師からだった。

ある夜、陸上部の顧問である彼は、繁華街で自身が受け持つ男子生徒を見かけた。真面目で将来有望な部員だ。夜遊びしているのならば注意せねばと追いかけたが、いつの間にか掻き消えてしまった。見失ったのではない。本当に目の前から一瞬でいなくなった。なんらかの怪異に巻き込まれたのは明らか。そこでどこからか「鬼を斬る夜叉」の噂を聞きつけた教師は、その解決を甚夜に依頼した。

依頼自体は無事に解決して、男子も傷一つなく無事だった。しかし問題は、その後。帰路の途中、甚夜は自身をつけ狙う気配を察知した。

「襲うならば、もう少し考えて欲しいものだが」

人目がある場所で動かれてはたまらない。あえて路地裏に入れば、鬼達が一斉に牙を剥く。所《しょ》詮《せん》は下位の鬼。相手にならず、片付けるのには一分とかからなかった。

無駄な殺生は好まないが、萌ほど優しくもない。甚夜は構えを解かず、冷たい声を発した。

「お前は、見ているだけか」

暗がりを睨みつければ、影が浮き上がる。赤く濁った眼をした、ひょろりと縦に長い異形。高位の鬼ではないようだが、先だって相手した雑魚とは気配が多少異なる。おそらくは、あれが襲撃を企てた頭だろう。

『鬼喰らい。マガツメ様に盾突く愚か者』

「マガツメ様ときたか。あれも、ずいぶんと祭り上げられたものだ」

この鬼もまた、マガツメが現代を覆してくれるのではと期待しているらしい。異能を持たない弱い鬼にとって、人を滅ぼすと伝えられるマガツメの存在はある種の希望なのかもしれない。

『なぜ、お前は人に加担して同胞を斬る』

「私は、私を曲げられぬというだけ。己が在り方に生き、その果てに死ぬが鬼の本懐だろう」

恨みがましい鬼の言葉を切って捨てる。

「さて、どうする。退くか死ぬか、どちらでも私の手間はさほど変わらんぞ」

傲慢ではなく、事実としてそれだけの力量差が両者にはある。凄むでも脅すでもない。ごく自然に言えば、異形はひょろりと長い体躯を躍動させて決死の突進を試みた。

無為な殺戮《さつりく》は趣味ではないが、ここで躊躇うほど初心《うぶ》でもない。襲い掛かる鬼に合わせて一歩を踏み込み、すれ違いざまに横に薙ぐ。肉を骨を刃は滑らかに通り、両断された鬼は地へ転がった。完全に気配が消えたことを確認してから血払い、夜来《やらい》を鞘に収める。

「ままならぬな」

腐臭の漂う路地裏で一人溜息を吐く。退かなかったのは、追い詰められていたから。甚夜にではなく平成という時代に、鬼はこれ以上なく追い詰められ、逃げることも抗うこともできなかった。

南雲叡善《えいぜん》、井槌《いづち》に吉隠。人にせよ鬼にせよ、そういう輩《やから》は今までも見てきた。なのに、勝手にマガツメを希望と語る鬼どもがひどく腹立たしかった。


翌日、甚夜はいつものように登校した。

そろそろ進級の時期、二年生に上がればクラス替えがある。クラスメイトたちは楽しみな反面不安もあるようで、教室には普段とは違った騒がしさがあった。

「来年も同じクラスだったらいいのにね」

薫も、せっかく仲良くなれたのに離れ離れはイヤだとぼやいている。クラスが別になれば、いつものメンバーで集まって何かをすることも少なくなる。仕方がないと理解していても寂しいようで、みやかも同意して頷いていた。

「っしゃ、間に合ったぁ！　おっはよ！　ってあれ、まだ時間全然ある？」

朝のホームルームの十分前、しんみりとした空気を打ち破るように萌が教室に勢いよく飛び込んできた。

「おはよう、萌。まだ先生来てないよ」

「はよ、みやか。うわぁ、どうりで皆ゆっくり歩いてると思った。あたしの時計、ダメになってんじゃん。ってか、慌てすぎてカバン忘れた」

みやかと軽く挨拶を交わし、萌がいつもの派手なグループの輪に入る。勘違いが恥ずかしかったのか、頬が少し赤くなっていた。

「あはは、アキちゃんは相変わらずだね」

「ほんと。でも、いつもと少し違うような」

「え、そう？」

薫は気付かなかったようだが、みやかはなんとなく普段と違った印象を受けたようだ。ただ振る舞いにおかしなところはなく、本人も何故そう思ったのか分からないらしく首を傾げている。

そのやりとりを、甚夜は教室の窓際で眺めていた。

昨夜も、彼女は十代目秋津としての役目を果たしたはずだ。近頃は怪異の数が増えており、疲労を残したまま授業を受けていることも多い。それを、あまり接点のない生徒が「夜遊びしているからだ」などと言っていた。萌自身は特に気にしていないようで、「言わせておけ」と否定もせずに笑っている。

「やっぱさ、桃恵さんいいよなぁ」

「綺麗だし、性格いいし、スタイルいいし」

噂は色々あるものの依然人気は高く、男子たちが周りの目を気にしながら小さな声であれやこれやと語っている。その中で柳だけは話に参加せず、萌の挙動を注視していた。

「甚夜……」

「ああ」

表情から警戒がありありと伝わってくる。甚夜も同意し、確かめるため萌に声をかけた。

「ん？　どしたの、甚」

彼女はいつも通りの態度で応えた。

◆

「あれ、甚夜は？」

一時限目が終わった後の休憩時間。みやかが教室を見回すと、既に甚夜の姿はなかった。不思議に思っていると、出入り口付近の席の麻衣が教えてくれた。

「さっき萌さんと一緒に、どこかへ行ったみたいだよ」

「萌と？」

授業が終わるとすぐに出て入った二人を見たらしい。声もかけないなんて水臭いと思いつつも、彼らの組み合わせを考えると、また危ない話なのかもしれないと納得する。

「それじゃ、ジュースはまたお昼休みかな」

気になるが、除け者にされているわけでもない。必要な時が来れば彼らは話してくれる。だから、麻衣とそのままおしゃべりをすることにした。

「そういえば、本読ませてもらったよ。大和流魂記《やまとりゅうこんき》、結構面白かった」

「そっか、よかった。ああいう説話集はそのまま読んでも面白いけど、当時の世相と照らし合わせたり裏にある意味を考えると、もっと楽しめるよ」

「確かに。姫と青鬼とか、実際を知ると」

「ちょっとそれは特殊だけど、うん。そうやって文の間を読むのが読書の楽しみ、かな」

こと読書の話になると、途端に麻衣は饒舌《じょうぜつ》になる。今回は、彼女のおすすめで『大和流魂記』を読んだ。江戸後期の説話集で、有名無名かかわらず様々な怪談が記載されている。中には「姫と青鬼」や「寺町の隠形鬼《おんぎょうき》」、「幽霊小路」に「九段坂の浮世絵」など。少なからず甚夜が首を突っ込んだ話もあり、そういう意味でも中々に興味深かった。

「姫と青鬼って、ちゃんと作者が分かってる話だったんだ？」

「うん。大和流魂記の編者が書いたものみたい。〝先に語る話は、わたくしのきしかたを〟で始まるあとがきは、わたしもお気に入り」

「そこまでは読んでなかった。買って、改めて読み直そうかな」

「それなら、河野出版社のものがおすすめだよ。原文と現代語訳が両方載ってて、一つ一つの話が読み易《やす》く整理されてるんだ」

　これは都市伝説の本に続く新たな愛読書になりそうだ。

　一緒に書店へ行く約束をして、二人は他のお気に入りの本についても話し合った。

◆

「どしたの、甚？　いきなり屋上にとか。あ、もしかして告白？　だったらいつでもウェルカムだよ」

　一時限目の授業が終わると同時に、甚夜はすぐ萌を屋上へ呼び出した。男子に呼び出されるという、いかにもな状況に彼女はおどけてからかってくる。

「いや、違う」

「なんだ、つまんない」

「体は大丈夫か。疲れているようだが」

「あっ、バレた？　実はさ、昨日も夜歩きしてさ。遊んでるんじゃないよ、これでも十代目の秋津だから。最近多いっしょ、マガツメがーとか言っちゃう鬼。そっちも、昨日は〝おしごと〟だったっけ？」

以前二人だけで動いた時、マガツメのためとほざく高位の鬼を見た。他の誰にも話していない内容を、彼女はちゃんと知っている。

「あっ、話ってマガツメの？」

「いいや、匂いについてだ」

甚夜は冷酷に、萌に対して明確な敵意を向ける。

「匂い？　もしかして、あたし臭う？」

「そうではないが。振る舞いは変わらないし、話にも破綻はない。表情も何気ない仕草も普段通り。彼女しか知らないことを知っている。なのに、匂いが違う」

「どゆことよ？」

たぶん、それがみやかの抱いた違和感の正体だ。比喩的な表現ではない。萌はいつものメンバーの中でも、特に身だしなみには気を遣っている。そういう娘だから新作のリップは大概チェックしているし、普段からうっすらメイクをしていて香水にもこだわっていた。

「記憶はあっても、実践が拙い。あるいは、そもそも〝もの〟を用意できなかったのか。外見は変わらずとも細部の詰めが甘いな」

彼女からは、そういった化粧っ気がかすかにも感じられなかった。オシャレは心意気と公言して憚《はばか》らず、遅刻ギリギリになってもきっちり整える萌が、匂いと指摘されてそこに思い至らない。

ここにきて疑いが急激に現実味を帯びてくる。

甚夜は自身の右掌の皮膚を食い破り、〈血刀《ちがたな》〉で赤い刀を造った。

萌はいきなりの行動にわたわたと慌てている。けれど迷わず切っ先を向け、低く重い言葉をぶつける。

「お前は誰だ？」

少女の動揺は一瞬で消える。

桃恵萌は、彼女のように見える何者かはにたりと笑った。

3

Lily of the valley／鈴蘭

北海道や本州、九州の涼しい高原に自生する多年草。

花名の鈴蘭は、その花姿が鈴のように見えることにちなむ。可憐な佇まいだが有毒植物で、致死量は耳かき一杯程度と非常に毒性が強い。反面、古くから幸運をもたらす花と信じられており、フランスでは五月一日に鈴蘭を大切な人へ贈り、その幸せを祈る風習がある。

大切な人を幸せにする毒の花。

花言葉は「再び幸せが訪れる」。


正体を見破るというのは、普遍的な怪異への対処法である。

萌に見えた誰かの見せた笑みが、最後の後押しとなった。甚夜は瞬時に踏み込み、血の刀を振るう。視認どころか避けるも防ぐも容易い、力の籠らない一撃だ。

普段よりも遥かに遅いのは、瞬時にいくつかの可能性を想定したから。目の前にいる少女が桃恵萌でないことは明らか。なら問題は何者なのか。単純に偽者。それとも洗脳で萌自身を操っている？　脳を弄《いじ》るなど器質的な手段で傀儡《かいらい》と化した場合。または、容姿と記憶を奪われた。

複数の仮説を取捨選択し、残ったのは二つ。取り込んで容姿を獲得できる何者かの存在と、そうでなかった場合だった。

「ちょ、あぶなっ⁉」

女は身を屈めてやり過ごす。躱されるのは織り込み済み、今のは斬るためでなく見極めるためだ。避けたはいいが、それだけ。彼女は付喪神を使おうとはせず、甚夜に対する警戒や動揺も見せなかった。

「っ！」

萌は一切の迷いなく、速やかに逃げの一手を選んだ。向かう先は扉ではない。コンクリートの地面を蹴り、屋上の柵を飛び越えようと躍り出る。

飛び降りる気だろう。甚夜は慌てず、左腕をすっと小さく翳《かざ》した。それだけで動きが止まる。跳躍したまま空中で固定され、女は苦悶《くもん》に表情を歪めた。

「仕込みは済ませてある。逃げるには少しばかり判断が遅いな」

疑惑の対象と会うのに、どうしてなんの準備もしていないと考えるのか。〈地縛《じしばり》〉、〈隠行《おんぎょう》〉の同時行使。透明な鎖を張り巡らせ、初めから逃げ道は塞いである。

鎖が女の体を縛り上げる。かなり力を込めているが、ぎしりと骨が鳴ることはない。行使した〈地縛〉から伝わる、軟体生物を締め付けるような奇妙な感覚。それで、あれが萌どころかそもそも人ですらないと気付く。

「さて、いくつかお前には聞きたいことがある」

どうやら思っていた以上に苛立ちを感じていたらしく、殺気を抑えられなかった。それを相手も察したのか、初めからそうなるように決められていたのか。張り詰められた空気の中、変化は突如訪れた。

「あ、ああ……」

女の口からか細い呻きが漏れる。どろり。同時に白く滑らかな肌が溶け始めた。空中で鎖に縛られたまま逃げられなかった女の体は溶けて、見る見るうちにコンクリートの床へ零れ落ちる。瞬く間に女はどろどろの粘液と化し、地面に落ちれば気化し、三十秒も経たないうちに跡形もなく消え去った。

「これは」

目の前で起こった奇怪な現象に、甚夜は眉をしかめた。最初から萌がマガツメの娘に〝喰われた〟のではないかと疑っていた。しかし、どうやら違ったようだ。

「ああ、そうか。七緒《なお》、お前の言う通りだったよ」

驚きがなかったのは、昭和の頃に出会った娼婦、七緒に聞かされていたからだ。甚夜は少しだけやるせない心持ちで呟く。

屋上に吹く風は冷たい。身に染みたのは冬の寒さばかりではなかった。

ことを終えた甚夜は、屋上を後にした。

既に二限目は始まっている。遅刻の言いわけを考えながら廊下を歩いていると、激しい足音が聞こえてきた。

見れば女生徒が大慌てといった様子で走っている。向こうも甚夜を見つけたらしく、方向転換してこちらまで来て立ち止まり、呼吸を整えてから快活に笑ってみせた。

「おはよ、甚！　そっちも遅刻？」

普段通りの萌の姿に、思わず目を丸くしてしまった。

甚夜は若干戸惑いつつも、彼女の爪先から頭のてっぺんまでをじっくりと観察する。視線に気付いた彼女は照れたのか、戸惑いながらもぎこちなく笑う。遅刻だと慌てていた割にナチュラルメイクはばっちり決まっており、ふわりと柑橘《かんきつ》系の香りが鼻腔《びこう》を擽《くすぐ》った。

最後、甚夜は確認するように人差し指でつんと彼女の頬を突く。

「わっ、なになに、どしたの⁉」

いきなりのことに萌が驚いている。触った感触は、軟体生物ではなくちゃんと人のものだった。

「本物か」

「え、なにが？　ってほんとなに⁉」

安堵に甚夜は笑みを落とし、状況の分からない萌はひどく混乱していた。

「萌の偽者が現れた」

「それ、ほんと？　実は、昨日マガツメの娘とやり合ったの」

彼女も退魔、異常な事態を察するとすぐに冷静さを取り戻す。萌は昨夜あった出来事を事細かに説明した。向日葵と、末娘の鈴蘭。廃墟にいた多数の赤ん坊。あちらが何かを企てているのは間違いないようだ。

「ってことで、マガツメの娘に会ったはいいけど逃げられたってオチ。とりあえず赤ちゃん放っておけないし、色々してたらなんだかんだ日付変わって、普通に寝過ごして遅刻しちゃった」

鈴蘭なる鬼は、ほとんど何もしないまま逃げていったらしい。残された萌は放置された赤ん坊を見捨てられず警察に連絡し、時間はかかったがとりあえず事なきを得た。その際に警察から子供を捨てようとした若い母親ではと疑われた、なんて愚痴もつけ加えられた。

向日葵の狙いは分からないし鈴蘭の異能も不明だが、萌はマガツメの娘に取り込まれるどころか全くの無傷。まずは、それを喜ぶべきだろう。

「ごめんね、もうちょっとマガツメのこと聞き出せたらよかったんだけどさぁ」

十代目秋津染吾郎としての矜持《きょうじ》か、手玉に取られたのが相当悔しいらしい。不機嫌そうに頬を膨らませていた。

「いや、君の無事に勝るものはない。よくぞ帰ってきてくれた」

「ありがと。でも、あたしの偽者かぁ。いったいなんだったんだろ?」

「順当に考えれば鈴蘭の仕業、なのだろうが」

「うーん。でもあたし、特に何もされてないんだよね。何がしたいのかもよく分からないし」

だからこそ不気味と萌は吐き捨てる。甚夜は何も答えなかった。

◆

その日を境に、葛野市では一つの都市伝説が語られるようになった。

《ドッペルゲンガー》——自分とそっくりの姿をした分身が現れるというものである。

勿論《もちろん》捏造された都市伝説ではなく、本来のそれとも趣きが異なる。大筋は〝同じ人物が同時に複数の場所に姿を現す〟や〝街を歩いていると、もう一人の自分に出会うことがある〟など普通のドッペルゲンガーと変わらない。しかし噂では〝もう一人の自分に出会っても死ぬことはない〟らしく、また〝偽者であると指摘すれば溶けて消える〟という。

みやかは、その話を萌本人から直接聞かされた。鈴蘭という鬼の仕業だろうが、その異能の正体はよく分からないままだ。

「どう思う、みやか？」

「うーん、どうだろう」

昼休み。教室で食事をしながら萌に話を振られたが、曖昧にしか返せなかった。普段こういう場合は、まず甚夜と萌で話し合ってから危険度を考慮して他のメンバーにも伝えるというのが定番だった。今回は、萌から相談を持ち掛けられた形だ。

「あんたも、あたしの偽者と接したんでしょ？　なら、なんか気付くことはなかった？」

「接したって言っても、普通に萌だと思って挨拶しただけだし。少し疲れてるというか、なんかいつもと違うなとは思ったかな」

「やっぱり完全にコピーできてるわけじゃない？　ってかさ、あたしに化けてこっちのこと調べたりとかはしてこなかったの？」

「うん。いつもの女の子たちとメイクとか服の話してたりで、そういうのは全然」

特に怪しい動きはなかった。偽者だったと教えられた今でも信じられないくらいに、あれは桃恵萌だった。

「そもそも私たちから情報を聞き出す意味って、あんまりないと思う」

「ふふん、みやかも甘いね。何気ない情報も結構重要なんだな、これが。親しい奴らに聞きまわるのだけでも得られるものは多いよ」

「そうじゃなくて。甚夜の話では、その偽者って萌しか知らない話を知ってたんでしょ？　一晩でそういう偽者が準備できるなら、調べは最初からついていることにならない？　もしくは記憶ごとコピーできるか」

「あっ、そっか」

萌の話では「異能の正体は不明」「睨みつけられただけで触られてもいない」「ちょっと戦ったらすぐ逃げていった」。甚夜の話では「あれは萌の記憶を持っていたが、付喪神は使わなかった」「挙動は人のものではなかった」「縛り上げたら溶けて消えた」。

素人考えではあるが、そこから素直に導き出される鈴蘭の異能は「得た情報から複製を作ること」もしくは「視認した誰かの複製を記憶込みで作る」こと。その上で複製された人物は寸分違わない容姿を有し、思考能力もそれに沿う。ただし本人のコピーを作るだけで所持品などは複製できない、というのがしっくりくる。

前者ならばすでに調査を終えているし、後者ならばみやか達を、もっと言えば甚夜をコピーしてしまった方が遥かに早い。

「記憶ごと複製は、それっぽい。なら物陰から覗《のぞ》いて甚をコピればいいだけじゃん。なんでしなかったんだろ」

「さあ、そこまでは」

「えー、知恵貸してよ」

専門家でないみやかでは正確な答えは返せないが、萌はけっこう本気で縋《すが》りついてくる。これも友達のためと必死に頭を働かせ、思い付くままに挙げていく。

「えっ、と。マガツメの娘だから男の人はコピーできないとか、人間じゃないとムリとか？」

「なる。やらないいんじゃなくてやれない。イイ感じ！」

「そう？　でも、そうやって色々考えていくと、最後には〝なんで来たの？〟って話になるんだけど」

どれだけ考えても、結局はそこに行き着く。情報を聞き出す意味はなく、付喪神もコピーできず、萌を殺して成り代わるような真似もしない。こうなると偽者の必要性自体が、ほとんどなくなってしまう。

二人で議論を交わしても、これだという結論は出てこない。

「やばっ、さっさと食べちゃわないと」

「そうだね」

昼休みも終わりが近づき、話を切り上げて慌てて弁当を片付ける。鬼の話は食事中の雑談で終わった。

みやかは、ちらりと男子生徒の集まりに目をやる。いつもなら過保護なくらい警戒する甚夜は、クラスメイトと会話をしていた。

あやしげな噂が流れているだけで主だった被害は今のところ出ていないが、それにしても今回は動きが遅いように思う。それに彼は時折、ふとした瞬間に遠くを眺めるようになった。そんな時、決まって昔を懐かしむような表情をしている。いつもと変わらないはずなのに、今の彼には、ふらりとどこかへ消えて行ってしまいそうな雰囲気があった。

瞬きをしたら、もうそこにはいなかった。それが最後の別れだったとしても、おかしくないような気がした。


そうして特に被害もないまま、さらに一週間が過ぎた。

向日葵や鈴蘭はやはり動きを見せず、甚夜もまた状況を静観。表面上は平穏な日々が続いている。

「みやか君は、来月より時給を五十円上げるとするかの」

一月も二十五日が過ぎ。事務所でバイト上がりのみやかに、店長の岡田貴一《おかだきいち》がそう言った。時代遅れの人斬りを名乗るコンビニ店長は、アルバイトでもよく働く者はちゃんと評価してくれる。

「いいんですか？」

「うむ、功労には報奨があってしかるべき。みやか君はよく働いてくれておる」

みやかとしては普通に仕事をしているだけのつもりだったため、時給が上がるとは思ってもみなかった。貴一が言うには、問題を起こす学生バイトも多い中で「普通に働く」みやかは貴重らしい。

「以前の件で、その気質も買っている。できれば今後とも頑張って欲しいものよ。ではこれで。近頃は物騒、早々に帰るがよかろう」

「はい、ありがとうございます。お疲れ様でした。そうだ。店長、少し聞きたいことがあるんですけど」

この店長も普通ではなかった。もしかしたら自分の知らないことを教えてくれるかもしれない。

「店長って、その。甚夜と知り合いなんですよね?」

「うむ、古い知人よ。かつては多少戯れたこともある」

「へぇ、そうだったんですか」

その答えに彼女は少しだけ驚いた。前も二人でお酒を呑んでいたし、以前は一緒に遊ぶほど仲が良かったらしい。彼らだと、麻雀や花札だろうか。百年を生きる彼の交友関係は、改めて聞くとなんだか不思議なものがある。

「でしたら、マガツメって知っていますか?」

「現世を滅ぼす鬼神とやらか」

「あ、はい。多分それです」

「聞き及んではおる。もっとも、夜叉めの因縁に横槍を入れるつもりもないがな」

つまらなそうに吐き捨てる。因縁とやらが何かは分からない。ただ店長の態度を見るに、追及してもその辺りはまともに答えてもらえないだろう。それでも少しは取っ掛かりを得られたらと言葉を重ねる。

「最近の彼、そのマガツメについて悩んでるみたいで。店長なら何か知っているかなと」

「なに、気にすることもない。あれは余計な荷を背負い思い悩むが趣味のようなものよ」

旧知だからみやかの知らない彼も見てきたのだろうが、ひどい言われようだ。それでいて悪びれる様子もなく、貴一の手は来月のシフト調整のため小忙しく動いている。

「かっ、かかっ。よくよくあれは子供に慕われる」

空気が漏れるような不気味な笑いを零し、貴一は口の端を吊り上げる。言い方だけを取れば馬鹿にしているとしか思えないのに、声の調子は心底楽しそうだった。

「そうも心配するならば、濁った真似をせずともよかろう。儂《わし》はそれなりにみやか君を買っておる。おそらくは夜叉もな。下手を打ったとて大事にはなるまい」

一応、アドバイスだったのだと思う。本当に心配しているなら、回りくどいことはせず直接向き合えというところか。確かに正論だ。これ以上手を煩わせるのも申しわけない。お礼だけ言って事務所を後にする。

背後で貴一が小さく呟いた。

「かくいう儂も、濁った真似は終わらせねばならぬか」

意味は分からない。彼はマメだらけのごつごつとした手をじっと眺めていた。

バイトが終わると、既に夜の九時を回っていた。

都市伝説関連の事件が起こっていた時に萌からもらった付喪神ストラップは、今もちゃんと持っている。それでも夜道が危ないのに変わりはない。怪異だけでなく不審者も怖いのだ。

立ち並ぶ街灯を横目に歩き、近所の「みさき公園」まで辿り着く。正直、この公園にはあまりいい思い出はない。さっさと通り過ぎてしまおうと早足になるが、街灯の下に人影を見つけてみやかはぎくりとした。

こんな夜中に公園近くで佇《たたず》む何者か。嫌な想像に体が震えるも、照らし出された姿に安堵の息を吐く。

「ん、こんばんは」

今は藤堂家に居候しているという溜那だった。どうやらみやかを待っていたらしく、こちらに気付くと小さく手を振った。

「こんばんは。貴女は、溜那さんじゃない？」

「ん？」

「あ、いえ。なんでもないです」

質問したのは、ドッペルゲンガーの噂があったから。曰く「偽者だと指摘するとドッペルゲンガーは消える」。一応確認したが、溜那は不思議そうにしている。

改めてなぜここにいるかを聞けば「ちょっとお話に来た。送ってあげる」とのこと。急なので驚いたが、夜道の護衛としてはこれ以上ないくらいに頼もしい。みやかは快く申し出を受け入れた。

　しばらく帰り道を二人並んで歩く。幾度か顔を合わせたことはあるし、それなりに交流も持ったが、みやかと溜那は特別仲がいいわけではない。

「ところで、お話ってなんですか？」

　沈黙に耐えかねてこちらから話を切り出す。外見は中学生くらいだが溜那の方が年上、自然と敬語になってしまう。

「安心した。大丈夫そうだから」

　確か、以前も彼女は同じようなことを言っていた。もしかしたら〝かんかんだら〟の件で気に掛けてくれているのかと思ったが、そうでもないらしい。

「あなたは、じいやを傷つけると思ってた。だから、できれば傍にいて欲しくなかった」

　否定はできない。みやかは以前に、白峰八千枝の死は彼のせいだと責める気持ちを抱いた。口には出さなかったとしても、そう考えてしまった時点で彼女の指摘は正しい。

「でもちがった。じいや、言わないけど喜んでた」

　だから安心した。他ならぬ貴女が、いつきひめが彼は間違っていないと肯定してくれた。

　みやかでは言外の意味までは察することができず、ただ戸惑うばかりだ。

「溜那さん？」

「ありがと。それだけ言いたかった」

　溜那は言葉数が少なく飛び飛びに話す。甚夜の過去をあまり知らないみやかでは、想像で補うのも難しい。ただ、その短いお礼が心からのものだということくらいは分かった。

「できたら、じいやのことよろしく。今はあなたのひと言がきくと思う」

「それは、どういう」

「いつきひめは始まりだったから。今、背中を押してあげられるのは、きっとあなた」

気付けば、もう自宅。言うだけ言って溜那は去っていく。途中、思い出したように彼女は振り返った。

「べつに、じいやをあげるわけじゃないから。勘違いはしちゃダメ」

にっと笑う溜那に、思わずみやかも笑顔になってしまった。


自宅に戻ったみやかは夕食をとってお風呂に入ると、寝る準備を整えて携帯電話を手にベッドに横たわった。日付がそろそろ変わるところだ。

溜那の伝えたかったことは、たぶん半分も理解できていない。いつきひめとはいえ何も知らない彼女では、それも当然だ。本当は劣等感を抱いていたのだと思う。甚夜に対して、恋愛感情は別として好意を抱いているのは間違いない。しかし、十代目秋津染吾郎や長くを生きる花屋の店主と違い、名前ばかり大仰で特別ではない自分のことを卑下していた。力になろうとして、逆に足を引っ張ってしまうのでは。そう考えると応援するのも怖くて、遠くから眺めては憂鬱を気取っていた。

それでも、何か彼にしてあげたかった。そんなみやかに、溜那は今の彼女にもできることがあると言ってくれた。

だから深呼吸。心を落ち着け気合いを入れて、手にした携帯を操作する。かけるのは初めてでもないが、なんだかやけに緊張する。三度四度、響くコールがそれを煽っているようだ。さらに二度鳴りようやく繋がった。

『みやか？』

機械の操作には慣れたようだ。甚夜が普段通りのトーンで電話に出た。

「あ、ごめん。もう寝てた？」

『大丈夫だ。それで、どうした？』

「えっ、と」

改めて聞かれると困る。とりあえず電話をかけたはいいが、それ以降のことは考えていなかった。

『なにかあったのか？』

「えっ、あ、違う。そうじゃない、んだけど」

甚夜の声が一段低くなった。みやかの身を案じてだろう。そういう彼だから緊張が解けた。大仰な言い方よりもシンプルな方がきっといい。

「明日、時間あったらデートしない？」

幸い明日は、土曜日で学校が休み。遊びにかこつけて誘って、遠い昔の話でもしよう。

4

Sunflower／向日葵

原産地は北アメリカ、キク科の一年草。

日本へは江戸時代に持ちこまれた。当時は「丈菊《じょうぎく》」と呼ばれていたが、元禄の頃には向日葵という名前で定着した。

ギリシア神話では、太陽神アポロンを慕う水の精クリュティエが恋に破れ、悲しみから向日葵になったとされる。また、古代インカ帝国では太陽の花と尊ばれ、司祭や太陽神に仕える聖女は金細工の向日葵を身に着けたという。これらの由来から向日葵を花束にして贈る時は「熱愛」「愛慕」、神殿に飾る時は「崇拝」「信仰」を意味する。

愛する人と崇めるべきもののために咲く太陽の花。

花言葉は「私は貴方《あなた》だけを見つめる」。


服は夜のうちに用意してある。タートルネックにデニム、色は白で統一した。上に羽織るのは黒のチェスターコートだ。

時計に目をやれば、時刻は十二時半。約束は二時だから準備するのが少し早かったかもしれない。遅刻するよりはいいだろうと自室のベッドに腰を下ろす。

甚夜と出かけるのは初めてではないが、妙に緊張してしまう。みやかは昨夜の発言を今さら後悔していた。

「デートは、言い過ぎたかな」

別に色っぽい意味のない、冗談交じりの誘い文句だ。向こうもそれくらい分かっているだろう。マガツメ。鈴蘭。何か隠し事をしている彼のことが気になって、今度は一歩踏み込もうと決めた。その機会を設けようと思っただけ。ただ、深夜の勢いに任せて恥ずかしい発言をしてしまったとは思う。

せっかく準備を整えたのに、彼女は倒れるようにベッドに寝転んだ。ぼんやりしている間に時間は過ぎ、ちらりと時計を見れば午後一時を回っていた。

「待たせたら、駄目だしね」

自分から誘ったデート。その響きは恥ずかしいし抵抗もあるが、待たせていい理由にはならない。のっそりと起き上がり、どうにか部屋を出た。

土曜日の午後。少し葛藤はあったものの、みやかは駅前へと向かった。

聞きたいことはいくつもある。今までそれを避けてきたのは、不用意に踏み込んで傷つけるのも、その結果、自分が傷つくのも同じくらい怖かったからだ。しかし向き合うと決めたのならば尻込みしていてはいけない。

甚夜の様子がおかしいのは明らかだった。マガツメは現世を滅ぼす鬼神とまで謳われる存在。

そんな危険極まりない怪異の暗躍を知りながら、今回に限ってあまり動きを見せていない。みやか達に危害が及ぼうものならば、取り越し苦労に終わっても「無駄になるならば、その方がいい」と語る彼が、だ。

「たぶん彼は、私たちには言えないようなことを隠している」

不満はない。隠し事をされても信頼し、心配するくらいには日々を重ねてきた。聞くこと自体が甚夜の負担にはならないか、という懸念はある。けれど溜那の言うように、自分との会話がなんらかの助けになるというなら、もっともらしい言いわけで逃げるような真似はしたくなかった。助けにはなれなくても支えてあげられなくても、味方でいるくらいならできる。改めて自身の心を明確にする。

決意を意識したせいか心なしか早足になり、駅前へと続く道を辿る。だが、待ち合わせまであと一歩、角を曲がったところで栗色の髪の童女、向日葵が待ち構えていた。

「こんにちは、今代のいつきひめ」

後ろに控えるは、目も鼻も口もないのっぺらぼう。無貌の鬼が、ないはずの目で睨み付けている。

「あっ」

虚を突かれたみやかは、逃げるどころか一歩後ろに退くことさえできなかった。

立ち尽くして悲鳴にも満たないか細い声を漏らし、ただそれだけ。

無貌の鬼、鈴蘭は固まったままの少女へその白い腕を伸ばし、一瞬で意識が刈り取られた。

まず感じたのは、かすかに鼻を突く埃《ほこり》っぽさ。次いで、瞼《まぶた》の向こうの光に少しずつ意識が覚醒する。ゆっくりと目を開く。気付けば、みやかは板張りの床に転がされていた。

ワックスのしっかりかかった妙に光沢が目立つ床は、独特の冷たさを持っている。見回すと立ち並ぶレーンと、無造作に放置されたピンやボール。連れ去られた場所は、多少乱雑ではあるが真新しいボウリング場だった。体を起こそうとしたが、首の辺りに痛みがある。

「目を覚まされましたか？」

まとまらない思考は鈴の音のような、よく通る声を聞いて明瞭になった。声の主、おそらくみやかをここまで攫《さら》ってきたであろう彼女は、悪びれるどころか親しみさえ感じさせる微笑みを浮かべていた。

「貴女は」

「向日葵と申します。おじさま、葛野甚夜さまの姪にあたります。あとは、マガツメの娘、藤堂夏樹くんのひいおばあさんの知己。どれでも理解しやすいように受け止めてください」

彼女の言は突飛で理解が追いつかない。ただ、向日葵という名に覚えはあった。確か吉隠に襲われた時、助けに来た溜那は「ひまわりに頼まれた」と言っていた。

「甚夜の姪。なら溜那さんの妹？」

「違います。いいですか、あの子は便宜上、姪っ子になっているだけであって私が真の姪です。嫌いじゃないですしメル友ですけど、そこは譲れません」

納得いかないと頬を膨らませる向日葵は、普通の幼い女の子に見えた。けれど後ろに控える無貌の鬼の気配が、そうではないのだと教えてくれる。都市伝説の怪人ではない。容姿こそ特異だが、あれは甚夜と同じ類の古いあやかしだ。

「この子は末の妹の鈴蘭。母の産んだ最後の娘です」

みやかの視線に気付いた向日葵は、先回りして答える。声の調子も表情も人懐っこく、とてもではないが「現世を滅ぼす鬼神」の娘とは思えない。

「私を、どうするつもり？」

甚夜に対する人質。あるいは、萌にしたような偽者の製造。それとも、もっとおぞましい実験台にでもするつもりなのか。幸か不幸か怪異の引き起こす事件には慣れてしまったため、思ったより落ち着いている。縄や鎖など拘束の類はない。しかし腰が抜けてしまったのか、体に力が入らず立てそうもなかった。せめて心では負けないよう、ぐっと向日葵を見据える。

「特に用はありませんね。傷付けるつもりはないですから、時間が来るまで一緒に居ていただければ」

肝心の鬼女は、あっけらかんとそう答えた。鈴蘭もこちらに危害を加える素振りはない。色々と嫌な想像をしていた分、朗らかな態度に毒気を抜かれた。

「安心してください。おじさまの大切な人に手出しするような真似はしません。母の思惑はともかく、私個人としては」

「えっ、と。それはどういう。もしかして、向日葵さんはマガツメ、さんの命令に従っていない？　甚夜の味方で、スパイのような」

「いいえ。私と母の願うところは、完全に一致していますよ。ですが私は長女、母から与えられた特別な役割があります。姉妹の中でも少し立ち位置が特殊なんです」

言うことが本当ならば危険はないが、そうなると萌の偽者を学校に向かわせ、こうしてみやかを攫った意味が余計に分からなくなる。

「じゃあ、なんで」

「勿論、貴女を攫った理由はあります。だって、その方がお話ししやすいでしょう？」

その物言いに違和感を覚えたが、途中で考え違いをしていたことに気付く。話しやすいというのは、みやかに向けた言葉ではない。彼女の視線は、薄暗い室内に現れた人影に注がれていた。

「男女の逢瀬に横槍は無粋だな」

音のないボウリング場では、靴音もやけに甲高く聞こえる。

「おかげでせっかくの約束が台なしだ」

約束の時間に遅れてしまった。だから甚夜は、わざわざ迎えにこんなところまできてくれたのだろう。

◆

甚夜は攫われたみやかを追ってボウリング場までやってきた。

場所を特定できたのは、向日葵がわざわざ痕跡を残していったおかげだ。

「そこは、ちょっとした嫉妬だと思ってもらえると嬉しいです。こんにちは、おじさま」

「ああ。で、申し開きは聞かせてもらえるのだろう？」

手には半生を共にした愛刀、夜来。向日葵が従える異形を前にしても抜刀はしない。距離を調節して腰を落とし咄嗟《とっさ》に動けるよう構えるが、体の力も抜いたままだ。

「はい、その方が楽だと思って。巻き込まれた後の方が、説明はしやすいでしょう？」

親愛を感じさせる明るく柔らかい声に反応して鈴蘭が蠢く。身震いした無貌の鬼は、体表から粘度の高い水のようなものを吐き出した。

「そいつが鈴蘭か」

「はい。母の最後の娘。この子だけは私と同じで、何も取り込まず完成した特別な存在です」

姉妹の中で、向日葵だけは初めから自我を確立している。鈴蘭はそれとはやや異なるが、誰かを喰らう必要はない。マガツメの末妹は、自我を持たない状態で既に完成しているのだという。

対峙する二人をよそに、粘液が次第に盛り上がり形を作っていく。ぐちゃりと気色の悪い音に背筋が寒くなる。

「異能の名も〈鈴蘭〉。目がないのでこう表現していいのかは分かりませんが、その本質は〝母の知る、あるいは視認した対象の、記憶も思考も完全に同一の複製体を作る〟こと。作れる対象の記録はストックでき、鈴蘭自身が変身するわけではないので制限もありません」

その説明に嘘はないようだ。体外に排出された粘液は、ここに完全な人型となった。うっすらと茶色がかった長い髪。高めの身長。姫川みやかと寸分違わない少女が、一糸まとわぬ姿でそこにいる。

「え、えっと？　なに、これ？」

頬を染めて叫び声をあげるでもなく、戸惑いながらも少女は咄嗟に体を隠した。

自分が目の前にいる、その奇妙さに本物のみやかが顔をしかめる。甚夜は不快感を露《あら》わにした。

その冷たい眼光を受けて悲しそうに怯える様は、姫川みやかそのものだった。

「すごいと思いませんか？」

「確かに。だが笑えないな、消えろ偽者」

投げ付けた暴言が急所を貫いたのだろう。寂しそうに微笑んだ姫川みやかの体表はどろどろと溶け、人間の形を保てなくなる。か細い呻きを上げたそれは、数十秒で元の粘液に戻ってしまう。

薄暗い室内の温度が一段低くなったように感じられた。

「これで十代目の秋津、今代のいつきひめ、共に巻き込まれました。おじさまは喜ばないかもしれませんが、説明する理由は十分でしょう」

「お前は」

「言ったはずです、私と母の願いは一致している。過程は違っても、最後に行きつく場所は同じです」

向日葵に敵意はない。現世を滅ぼす鬼神のために動きながら、甚夜のために心を砕いている。

「ではおじさま、私達はこれで。とりあえずの目的は果たせましたので」

「そうか。世話になった、と言うべきかな」

「お気になさらず。大切な殿方の支えになれるのは、女冥利《みょうり》に尽きるというものですから」

向日葵がみやかに目配せする。その意味が分からず、みやかが不思議そうな顔を見せる。けれど説明はせず、向日葵と鈴蘭が暗がりの中に消えていくのを黙って見逃した。

「みやか、怪我はないか？」

「う、うん、ありがとう」

しばらく薄暗い室内を眺めていた甚夜は、伏したままのみやかへ向き直った。差し伸べた甚夜の手を掴み、彼女がゆっくりと立ち上がる。衣服は汚れているが怪我はないようだ。ただ、みやかは戸惑いの視線を向けてきた。

「いつも、助けてもらってごめんね」

「いや、本当に気にしないでくれ」

「それで、さ。助けてもらっといてなんだけど、聞きたいことがあるの。いいかな？」

これまでのみやかはこういった時、口には出さず飲み込んだ。自分が傷つかず相手も傷つかないよう距離を保ち、深入りしないのがこの少女のやり方だった。けれど今は違った。彼女は弱気の虫を追い出すかのように何度か首を横に振ると、まっすぐに甚夜に向き合った。

「ずっと、ね。疑問に思ってたんだ。吉隠の時は、すぐに動いた。私達を守ろうと色々してくれた。でも、今回は違うよね？」

「みやか？」

「責めてるんじゃないよ。私達のことちゃんと心配してくれてるって分かってるから。だけど、たぶんきっと。甚夜は、マガツメのことに関しては後手になってるっていうか。ううん、違う」

彼女は甚夜が思う以上の信頼を傾けてくれていたらしい。ぶつけられたのは疑念ではなく、甚夜の様子を観察した上で彼女自身が立てた推測だった。

「もしかしたら甚夜は、最初からマガツメが私達に手を出さないって知っていたんじゃないかな？」

甚夜は後手に回っていたのではなく、そもそも何もせずとも向日葵がみやか達に危害を加えることはないと初めから知っていた。もっと言えば鈴蘭の異能も向日葵の目論見《もくろみ》も。全部知っていたのではないだろうか。そうでなければ辻褄が合わないと彼女は言う。

「驚いたな」

その一言で推測が正しいと理解したのだろう。みやかの表情が曇った。

向日葵との親しげな態度、それにマガツメの企みを知りながら放置していたというのならば、敵方と繋がっていたのでは？　同じ鬼だ。現世を滅ぼすあやかしは、彼にとっては人よりも近しい存在だった？

その手の不安が過《よぎ》ったのか、縋りつくようにこちらを見る。甚夜は彼女がなるべく安堵できるように、意識して声を穏やかなものに変えた。

「こうなると、向日葵には感謝せねばならないな」

巻き込まれたみやかには聞く権利がある。というよりも、あの娘は説明しやすいようにわざわざ前振りをしておいてくれた。そのための誘拐もどきだったのだろう。

「では少し遅くなったが、約束の方を果たそうか」

唐突な言葉に、みやかがきょとんとしていた。

「だから、今日はデートなんだろう?」

呆気にとられる彼女の顔こそが見物《みもの》だった。


ボウリング場を出ると、既に日は傾きかけていた。

薄雲に橙《だいだい》色が塗られて喧噪《けんそう》に満ちた駅前は、それなりの情感を帯びている。行き交う人を眺めながら、みやかはぼやいた。

「三時のお茶をする喫茶店とか、プレイスポットとか、甚夜が興味ありそうな博物館とかデパートの展示もリストアップしてたのにな」

「それは申しわけないことをした」

せっかくの休みなのに、どこにも行けなかった。なにかお詫びをと思ったが、続く言葉を遮られる。

「代わりと言ってはなんだけど。色々、聞かせてもらえる?」

「分かった。場所はこちらで決めて構わないか?」

みやかは頷くと、黙ってついてきてくれた。目的の場所はそう遠くない。学校の近くに流れる戻川《もどりがわ》の河川敷だ。残念ながら、いつかの高台はもうなくなっている。

「話すならば、やはり川を眺めながらがいいだろう」

「ここは」

到着すると、彼女はなぜか驚いていた。

「頑張ってね。想いが繋いだ、遠い巫女《みこ》……」

誰かの言葉をなぞるような感情の籠らない呟きが零れた。その透明さが、いつか空に溶けようとした女と重なる。夕凪《ゆうなぎ》の空と不思議な既視感に目が眩《くら》む。けれどそれも瞬きの間に消えて、気が付けば見慣れたみやかに戻っていた。

「まずは、何から話そうか。とりあえず、君の考えは間違っていない。確かに私は、マガツメが君らに仇なすことはないと初めから知っていた」

お互いにデートは方便だと理解しており、浮ついた感情は一切ない。みやかは甚夜の心に報いるような真剣さで話に耳を傾けている。

「断っておくが、マガツメに与《くみ》しているわけではない。昭和の頃だったか。七緒、離反したマガツメの娘に、あれの企《たくら》みについてあらかた聞かされていたんだ」

だから最初から知っていた。存在しないはずの「鳩《はと》の街」で出会った娼婦は、マガツメの企みや能力、娘達の意味。自身の知る限りの全てを伝え、最後には喰われることを願った。ここに至る向日葵の暗躍は、そのほとんどが想定の範囲内だ。

「向日葵がやった誘拐もどきは、君にこの話をさせるため。巻き込まれた後の方が話しやすいだろうという、あの娘なりの気遣いだ。迷惑をかけたな」

「大丈夫。結果的にはよかったし。ほんと、よかった」

「不安にさせたか?」

「そういうわけじゃないけど」

小さく息が漏れた。真実を知って安堵してくれたのだろう。

「ここまで巻き込んでしまったし、なにより君は今代のいつきひめだ。できれば知らせずに片を付けたかったが、そうもいかないらしい」

逆に、向日葵としては彼女のことを巻き込みたかったらしい。たぶんマガツメの目的を達成する上で、いつきひめという役柄が欲しかった。利用価値どうこうではなく、舞台を飾りつけたかったのだろう。

「年寄りの昔語りだ。退屈とは思うが聞いてくれるだろうか。現世を滅ぼす災厄と、醜く無様な鬼人の話を」

甚夜が語るのは、百七十年前の苦い記憶。今も続く馬鹿な男の話である。


江戸の裕福な商家に生まれた甚太《じんた》は、五歳の時に妹の鈴音《すずね》を連れて家を出た。兄をよく慕う、無邪気ないい子だった。元治《もとはる》に拾われた二人は、産鉄の集落葛野に身を寄せる。そこで甚太は白雪《しらゆき》という少女と出会う。

「母である夜風の死後、白雪はいつきひめになると決めた。父母を亡くし、自分であることさえできなくなって。それでも素直に誰かの幸せを祈れる人だった」

いつかの日々は、まだ胸に残っている。

百年を超えても忘れない、愛しい原初の風景だ。

「私は、彼女が好きだった。それも容易《たやす》く途切れてしまったけれど」

ある日集落を鬼が襲い、巫女の後継の問題から白雪には婚約者が宛《あて》がわれる。選ばれたのは集落の長の息子、清正《きよまさ》。集落のためならばと白雪もそれを受け入れた。

お互いに納得していたが、兄を慕う鈴音は他の男になびく白雪を責めた。兄を傷つけてまで守る価値がこんな集落にあるのかと。けれど白雪には響かない。想いに嘘はなかった。ただ、大切にする方法が違っただけだ。それが幼い鈴音には理解できなかったのだろう。憎しみか妬心《としん》か、昏《くら》い心に抗えずあの子は完全な鬼へと堕ちた。

小さな集落で起こったいつきひめを巡る事件は、坂道を転がるように終わりへと向かう。鈴音は白雪を殺し、甚太もそれを許せず愛したはずの妹に刃を向けた。

〈遠見〉の鬼は語った。

百七十年後に兄妹は再び葛野で殺し合い、その果てに闇を統《す》べる王が、あやかしを守り慈しむ鬼神が生まれると。

ここに現世を滅ぼす災厄、鬼神の種は蒔《ま》かれたのだ。

「じゃあ、マガツメって」

「私の妹だ。今もそう呼んでいいのかは、分からないが」

あの日に抱いた憎しみは今も消せない。しかし途方もない時間を踏み越えて、どうにかここまでやってきた。

「マガツメは現世を滅ぼす鬼神。最終的には全てを犠牲にする。だが、過程で君達に危害を加えることはないと知っていた。だから対策を打つ必要はなかった」

「世界を滅ぼすのに危なくないって、どうして？」

「あれは良くも悪くも、私にしか興味がないからだ」

マガツメは死体を弄り、百鬼夜行を生み出した。鬼を造ること自体が目的ではなく、突き詰めた先に心を造り出す技術を求めた。最後に会ったのは、ちょうどその頃か。以後もマガツメは表立っての動きは見せなかったが、数多の娘を産み落としたのも最後の目的のためだと七緒が教えてくれた。

「娘を産む、心を造る、現世を滅ぼすことは、言ってみれば料理の前に食材を切るのと同じ。あれの願いに直接繋がるものではない」

ぎりっと強く奥歯を噛む。怒りよりも後悔が強く、声にも強い自責の念が籠る。

「マガツメは心を造りたかった。散々切り捨てた娘の代わり《こころ》。兄を憎んでしまうような欠陥品ではなく、完全な、傍にいても嫉妬せず傷つきもせず、ただ妹としていられる心が」

子供たちの手前、普段は一歩引いて保護者のような立ち位置を心掛けていた。しかし今は違う。淡々と語ろうとしても、胸中は荒れに荒れて感情を抑えられない。

「娘達はいらないから捨てられた。けれど大切な想いだった。地縛は離れていく兄を縛り付けたいから、古椿は望んだ通りの貴方でいて欲しいから。七緒は向けられる憎しみさえ独り占めしたかったから。向日葵はどこにいても兄を見つけるため。そして鈴蘭は、最後の最後。マガツメの望みのために」

「望み？」

「長姉と末妹には、特別な役目がある。その内容そのものは七緒も知らなかったが、あれの願いを考えれば鈴蘭のそれは容易に想像がつく」

俯《うつむ》いて拳を握り締め、言葉を絞り出す。

「わざわざここに戻ってくるのは起点だから。マガツメの願いは、ここに新しい葛野を造り上げることだ」

もはや故郷は必要ない。ここには、よくない思い出が多すぎる。だからリセットする。出来上がった今を更地に変え、もう一度故郷を造り上げる。それこそが鈴蘭の役目。あれは記録した人間の複製を作る。マガツメの心の一部ならば、おそらくはマガツメの知る誰かも作り出せる。つまりあれは、白雪を、元治を、夜風を、ちとせや他の者達も。容易に作り出せるのだ。

「全てはもう一度、原初の風景を再現するため」

もう一度失われた故郷を造り、失くしてしまった人々を再現し、今度は造り上げた完全な心をもって甚夜の……甚太の妹になる。そうすればもう兄は傷つかない。幸せになれる。あの楽しかった頃が帰ってくる。憎しみを忘れ、もう一度、楽しかった日々を始められる。

「つまり、あれの目的は徹頭徹尾、〝にいちゃんを幸せにすること〟。散々心を切り捨てて憎しみを募らせても、そこだけは揺らがなかった」

そのために現世を滅ぼす。

間違った道行きの果てに辿り着いた、兄を苦しめるだけの今なんて壊れてしまえばいい。

「マガツメは……鈴音はまだ、私の幸せが遠い葛野にあると信じているんだ」

5

みやかは教室で授業を受けていても、今一つ集中できなかった。

過去を語る彼の表情が忘れられない。怒りや憎しみに似た何かを滲《にじ》ませながら、憐れむように悔やむように歯を食い縛る。奥底にある感情は何だったろう。憎悪、それとも愛慕。おそらくそれは本人にも分かっていない。

マガツメは現世を滅ぼす災厄と聞いた。だから、倒せばそれでいいのだと思っていた。けれど甚夜にとっては違う。何度殺しても飽き足らない敵で、それでも心から愛した妹で、良くも悪くもかけがえのない存在だった。

最近彼の様子が変だったのは、結局迷っていたのかもしれない。

何を斬るべきか。多分、彼はずっと迷っている。

「そう言えば土曜日、甚君と遊びに行ったんだって?」

昼休み、教室で食事をとっていると唐突に薫が切り出した。萌も、にまにまと悪戯《いたずら》っぽく口元を緩めている。いったいどんな手を使ったのか、二人は先週の土曜日の出来事を既に掴んでいるらしい。

「あっ、溜那ちゃんから聞いたんだ」

本当に、この子のコミュニケーション能力は侮《あなど》れない。いつの間にか密に連絡を取り合っていたようだ。

「いやあ、抜け駆けかぁ」

「そういうのじゃなくて、ね？」

「照れない照れない。ささ、お姉ちゃんに話を聞かせなさい」

本気なのか冗談なのか、微妙に判別の付きにくい態度で萌がじりじりと距離を詰める。この子は読みにくい。恋愛的な意味で甚夜に興味があるようでも、言葉通り単に親友、あるいは秋津染吾郎としての信頼を向けているだけにも思える。ただし、みやかにとっても良い友人であるのは間違いなく、こちらがどういう返答をしても険悪にはならないとは思う。

「本当に、そういうのじゃないよ。私、ただ攫われただけだし」

「へ？」

土曜日のことを端的に言えば、先程までの雰囲気は吹き飛んで薫達は目を点にしている。みやかは向日葵に攫われたこと、甚夜に助けてもらったこと、マガツメの思惑、それらを一つも隠さずに伝えた。

たぶん向日葵は、そうさせるためにみやかを誘拐した。大事な〝おじさま〟が周囲の理解を得やすいように、分かりやすい敵役をやっているのだろう。上手く使われているようで釈然としないが、利害は一致している。みやかは思惑通りに攫われたが甚夜は悪くないと、ところどころフォローを入れつつ説明する。

「そっか。向日葵が、ね」

「うん。マガツメは現世を滅ぼす、あんまり時間はないって甚夜が言ってた」

二人の表情が目に見えて変わった。薫は心配そうに、萌は鋭い顔つきになる。マガツメなる鬼の存在は、秋津にとっても仇敵。思うところはあって当然だ。

それを少しだけ羨ましいとも思ってしまうのは、不謹慎だろうか。因縁というならいつきひめにもある。けれど今回は吉隠の時と違い、みやかの入り込む余地はない。話してくれたのはあくまで彼の厚意であり、そこにメリットは発生しないのだ。付喪神使いたる萌なら、彼の隣で戦える。感じるのは、嫉妬より忸怩《じくじ》たる想いだ。結局、みやかはどこまで行ってもただのクラスメイトでしかなかった。

「そゆことか。なんか、やりにくい。マガツメも悪いやつじゃなくって、ただ一途で。もしかしたら、もうちょっとどうにかなったんじゃないかなって思っちゃうね」

「そう、だね」

萌が複雑そうな表情をしている。何が悪いというなら巡り合わせが悪かった。甚夜は甚太のまま白雪と結ばれ、義理の姉妹として白雪と鈴音は仲良く暮らす。そういう結末があっても、おかしくはなかった。

しかし、現実として鈴音はマガツメとして顕現し、甚太は甚夜として対峙する。衝突は避けられず、その先がどう転がるかも分からない。みやかと萌はそろって溜息を吐いた。

「そうかな？　私、マガツメさん嫌い」

同情的になっている二人に対して、薫は頬を膨らませて不満そうにしている。

「だって、好きはなにやってもいいってことじゃないよ。そんなの好きじゃない」

「それは、そうだけど。でも、マガツメの好きはそれだけ重くて。だから止まれなかったんじゃないかな」

「じゃあ、十分悪い人！　悪い鬼？　とにかくそんな感じ！」

宥《なだ》めようとするも、腕を組んでご立腹、聞く耳はもたない様子だ。薫の言いたいことは分かるし、本当は彼女の意見の方が正しい。好きだからで世界を滅ぼされては堪《たま》ったものではない。けれどマガツメの、そして甚夜の心情を考えるとみやかはそこまで敵視もできない。

「なんかさぁ、薫みたいな子だったらよかったんだろうね、きっと」

萌は素直に感心しているようだった。マガツメが薫のような少女であれば、最悪の状況にはならなかったはずだ。

「うん。本当にね」

しかし、そう在るには彼女の世界は狭すぎた。〝にいちゃん〟だけで完結してしまえるから、〝にいちゃん〟がなくなっただけで壊れてしまった。

多分、それは彼女が悪いのではなく。少しだけ悲しかったのだろうとみやかは思った。

◆

江戸時代に編纂された『大和流魂記』。その後記には、「姫と青鬼」は編者が実際に見聞きした物語であるとされている。

〝姫と青鬼。先に語る話は、わたくしのきしかたをもとにしたり〟

編者が実際に遭遇した怪異を、多少の脚色を加えて説話としたのだという。それが事実かどうかは分からないけれど、個人的には信じたいと吉岡麻衣が言う。いつかの恋が現代まで伝わるなんて、すごくロマンがあると。

「そういえば、大和流魂記の編者の姓は葛野君と同じだよね。なにか知ってる？」

昼休み、甚夜が図書室で本を選んでいると麻衣に聞かれた。色々とその本に縁がある甚夜は、上手く答えられず曖昧に笑った。それで諦めたのか、麻衣は再び本に目を落とす。

「〝ただ願ふ。おのづから遠きにてこの書を取るがありせば……〟」

大和流魂記の後記の一節。中でも麻衣が最も気に入っていると語っていた一文だ。いつきひめや秋津染吾郎、長い歳月を越えてきた想いがあると知ってからは何気ない文章を温かく感じるようになったらしい。

いつも柳と一緒に居る麻衣だが、図書室で甚夜と顔を合わせる機会も多い。甚夜は大正の頃に赤瀬《あかせ》家の書斎に入り浸って読書を覚えてからは、暇な時間に本を読むことが増えた。読書家の麻衣にとって彼は話の合う友達なのだろう。

「葛野君は、好きなジャンルとかある？」

「私の場合は雑食だからな。小説、学術書に与太本。特にこだわりはない。一応、漫画も読むぞ。朝顔《あさがお》が色々と勧めてくれる」

反応に困っている麻衣を見て、甚夜は小さく笑みを落とす。

「いや、付き合いばかりでもない。それなりに楽しませてもらっているよ」

「そうなんだ。でも、薫ちゃんが勧めるのなら少女漫画とか？」

「いくらか見せてもらった。ああいった恋愛ものは、この歳になると多少照れが入るな」

近頃の少女漫画は過激なものが多く、薫が読むには早いと感じられるような明け透けな恋愛描写もあった。ただ心ならずも結ばれなかった男女の話もあり、身につまされたりもした。

「意外と少女漫画は侮れない。面白かった」

「そうなんだ」

麻衣は甚夜の年齢やかつての鬼との戦い、奇妙な出来事をいくらか知っている。そのため漫画を楽しんでいる事実を上手く飲み込めないのかもしれない。まじめに語っても、あまり反応はよくなかった。

「ごめん。遅くなった。甚夜も悪いな」

柳が図書室に戻ってきた。元々甚夜たちがこうして読書していたのは、職員室に用があるという柳を待っていたからだ。正確に言えば、麻衣を待たせている間、心配した柳が甚夜に見張りを頼んだのである。麻衣はそれを過保護だと評していた。彼女の考える心配と思春期の男子の考えるそれは微妙にずれているのだが、そこを指摘するのは野暮もいいところだろう。

「で、随分楽しそうだったけど、何の話してたんだ？」

「えっとね、少女漫画について」

「まさかの話題なんだけど」

柳は麻衣以上に驚いていた。

「そんなに意外か？」

「そりゃ、まあ。俺には、お師匠みたいなものだし」

「お師匠ときたか。また随分とくすぐったくなる表現をしてくれるじゃないか」

かつて鬼に親を殺された少年は、助けてくれた付喪神使いをそう呼んで慕っていた。それを思い出したから自然と頬が緩む。何気ない日々は積み重なる。ならばその先で触れた、なんてことのない懐かしさに、優しくなれる時だってあるだろう。

「だが、私とてそこまで堅苦しくやっているわけでもないよ。酒も娯楽も適度に楽しむ」

「考えたら結構一緒に遊びに行ってるし、漫画くらいは不思議じゃないか」

読んだ漫画のタイトルをいくつか挙げる。薫が勧めてくれたものの中でも、特に気に入った本だ。意識はしていなかったが、恋愛系がメインだった。

「もしかして恋愛もの好き？」

「というよりも、その手の話は読本の定番だからな。江戸の頃にも三角関係や不倫、浮気、駆け落ちをテーマにした作品は多かった。そういう意味では、少女漫画にあまり忌避感はないんだ」

「なるほど、どろどろの恋愛って鉄板ネタだもんな。年季入った読書家だと、そういうもんなのか」

ある程度は納得したようで、柳は何度も頷いている。

「実は最初の頃、甚夜って〝遊ぶ暇なんてあるか、そんな暇があったら剣を振るう！〟みたいなタイプだと思ってた。真面目一徹、剣に生きるみたいな」

「それは過大評価というものだ。そもそも私が刀を握ったのは、惚れた女にいいところを見せたかったからだしな」

「嘘だろ？」

柳が大きく目を見開く。以前から色々と話を聞かされていた麻衣は、興味深そうに期待を込めてこちらを見詰めている。

「大真面目だよ。なんだ、いざという時に彼女を守ってやれるような男でいたくて、一心に剣を磨いた」

「好きな子のために強くなりたい、ってことか？　正直、意外過ぎる」

「そんなものだ。男の子は、惚れた女の前では格好をつけたいんだ」

その一言は柳にもしっくりときたようで、感心したように何度も頷いている。

時計を見れば既に休憩も終わり近く。くいっと顎で合図を送ると、柳も了承の意を示した。

「麻衣、そろそろ教室に戻るか？」

「あ、うん。ちょっと待ってて、この本、借りてくるね」

麻衣がぱたぱたと貸出カウンターの方へ駆けていく。残された柳は先程の話題が気になったようで、麻衣が離れたことを確認してから問いかけてきた。

「なあ。さっきの話。その子って可愛かった？」

「ああ。長い黒髪の、綺麗な人だ」

「へぇ、甚夜からそういう話を聞けるなんてなぁ」

「私とて生まれた時から爺いではないさ。今思えば、私の刀は初めから純粋ではなかったな」

本当に馬鹿な子供だった。強くなればなんだって守れると思い、それが間違いと気付いた時には全てを失っていた。何も考えずに振るってきた刀だ。行き着く先としては、似合いだったのかもしれない。

「意外と気にしてたりする？」

「多少は。だが、歳月を経て刀は私の一部となり、馬鹿な子供の振るった剣が守ったものもある。積み上げたものに意味はなくとも、積み上げたことには価値がある。今ではそう思えるようになったよ」

長い道の途中、多くを失っても大切な欠片《かけら》は確かに残った。笑い話のような動機だったが、手にした刀が斬ったから守れたもの、斬れなかったからこそ繋げた縁もあった。

「だからこそ決着はつけねばならないのだろう」

甚夜は誰にも聞こえないよう舌の上で言葉を転がす。

手にした刀と、歩いてきた道程。今を悪くないと思えるのならば、始まりの景色と決着をつける必要がある。そういう時が、ついにやってきてしまったのだ。


そして、少しずつ最後へ向かう。

放課後のこと、梓屋《あずさや》薫は珍しく怒っていた。

「どうしたんだ、朝顔」

「昼に、マガツメさんのこと聞いたの」

理由は昼休みに聞いた話のせいらしい。みやかや萌は同情的だったそうだが、薫はマガツメのやりように憤っている。ここまで彼女が怒るのは、多分明治にタイムスリップした経験があるから。彼女だけが唯一、迷いながら足踏みしていた頃の甚夜を知っているからだろう。

いつか幸せだと素直に言えなかった甚夜が、百年以上の歳月を踏み越えて笑えるようになった。野茉莉《のまり》や染吾郎、平吉《へいきち》に兼臣《かねおみ》。楽しかった蕎麦屋での日々。それを失っても必死に頑張って、強く優しくなった。マガツメの願う幸せは、その乗り越えてきたものに価値なんかないと決めつけるに等しい。そんな相手をどうして憐れむことができるのか。薫からすればマガツメは極悪人だ。しかも、それを好きだなんて理由で覆い隠そうとするのだから性質《たち》が悪いにも程がある。

思っていることを全て甚夜にぶつけた薫は、一度深呼吸をした。

「甚くん、頑張ってね！」

「ああ、ありが、とう」

勢いに押された甚夜は、戸惑いながらも礼を言う。当事者以上に彼女の鼻息は荒い。ここまでのめり込めるのは、いい子だという証明だと思う。

「朝顔、そら」

とりあえず落ち着かせようと飴玉を渡す。ゴージャスミルクキャンディ。値段は高いが、彼女も気に入っているものだった。口に入れて転がせば、甘さのおかげで少しは冷静になれたようだ。

「これ、美味しいよね」

まだ文句はあるのだろうが、それ以上言わないのは彼女なりの配慮だろう。ここまで気を遣わせるとは、まだまだ未熟。甚夜は自身の至らなさを恥じ、薫の優しさに感謝してぽんぽんと二度三度頭を撫でる。

「誰かが代わりに怒ってくれる。私は恵まれているな」

「本当に、そう思う？」

「勿論だ」

「へへ、そっか。ならよかった」

子供扱いをされても怒らないのは、思うよりも遥かに大人だからだ。彼女は、多くを失ってきた甚夜が今を肯定できるようになったことを純粋に喜んでくれている。

「甚くん。私、応援してるからね」

「ん？」

「どっちが正しいとかは分からないけど、思いっきりやっちゃって大丈夫！　誰がなんて言おうと、私は甚くんの味方だし全力で応援するよ！」

薫は詳しい事情を知らない。この言葉にも、全力で応援するという以上の意味はない。彼女には甚夜が何に悩み、何を選んだかは分からないままだ。それでも無責任だと尻込みしたりはせず、本音を躊躇いなくぶつけてくれる。

「ありがとう、朝顔。これは負けていられないな」

全てを理解しなくても伝えられることはある。多分そういうものの方が大切なのだと、彼女は知っているのだ。

「さて。帰ろうか」

「だね。あ、みやかちゃん」

元気よく頷いた薫は、みやかに声をかけた。やはり高校に上がってすぐの頃から一緒にいる、この三人がしっくりくる。

「一緒に帰ろ？」

「うん。甚夜も、いい？」

みやかが遠慮がちに確認したのは、土曜日の話が尾を引いているせいかもしれない。「勿論だ」と穏やかに答えれば、彼女はほっと息を吐いた。

相手を気遣い一歩引いてしまう優しい子だ。話し過ぎたか、と甚夜は少し反省する。

「あのさ、ちょっと駅前まで寄り道しない？」

「えっ？　みやかちゃんからそういうの珍しいね」

「そう、かな。でも私だって、たまにはそういう気分にもなるよ。ほら、最近は三人でって少なくなってきたし」

「確かにそれはそうかも」

みやかの微笑みがとても柔らかかったから、後悔はしないで済んだ。目はまっすぐに甚夜を見詰めている。向き合いたいと、以前彼女はそう言った。それは決して嘘ではなかった。無様な鬼人の過去を、マガツメの正体を知っても、彼女はただの友達でいようとしてくれていた。

「甚夜もどう？　なんなら少しくらい私が奢《おご》るけど」

「せっかくの誘いだ、行かせてもらうよ。だが、女に財布を出させるようなみっともない真似はさせてくれるな」

「その考え方、ちょっと古いかな」

「そう、か？」

「うん。女は男の後ろに控えてなんて、もう流行りじゃないし」

くすりと小さく、けれど心から嬉しそうにみやかが笑う。

「みやかちゃん、ごちそうさま！」

「薫には奢らないよ？」

「えっ⁉　なんでっ⁉」

「ごめん、冗談。実は、ファミレスのケーキ無料サービス券をもらったんだ。ちゃんと三枚あるから」

「もう、驚かせないでよ」

珍しいみやかの悪戯に驚きつつも薫も笑顔になる。やはり若さか、少女二人は何気ない触れ合いでさえ楽しんでいる。久しぶりに三人だけでの下校。スキップするような浮かれた調子で薫が先導し、その後をみやかと甚夜がついていく。

「ね」

ふと、みやかが口を開いた。平静を装ってみせても、そわそわと落ち着かない様子だ。何度か視線を泳がせた後、妙に力を入れて頷く。

「二年生になったら、別のクラスになっちゃうかもしれないけど。時々でいいから、こうやってまた三人でどこかへ行けるといいね」

そこに込められた意を間違えない。彼女の内心に思い当たって、だからそれを言葉にするのは止めた。みやかは何も言わなかった。ならばそれを指摘するのは無粋だろう。

「ああ、そうだな」

穏やかに甚夜は小さな笑みを落とした。気の利いた返しならできたかもしれない。けれど、守れないかもしれない約束を口にするのは不誠実に思えた。内心は伝わったのか伝わらなかったのか、みやかも満足そうに「うん」とだけ答えた。多分、それで十分だった。

「どうしたの二人とも、はやく行こうよ！」

「ああ、すまない。みやか」

「うん、行こっか」

クラスメイトと仲良く下校。見慣れ切った光景に心が弾むのは何故だろう。

もう何度も歩いた通学路を、三人は軽やかに進む。

なんでもない日常の出来事は、当たり前のように過ぎていく。

少しずつ最後の瞬間は近づいていていた。

◆

かつてマガツメは兄を憎み、現世を滅ぼすと決めた。

けれど変わらないものもあった。

――にいちゃん、すずはね。ただにいちゃんに笑って欲しかっただけなんだよ。

去り際に呟いた想いは誰にも届かず、百七十年を経ても変わらなかった。マガツメは願う。貴方を憎むから全てを壊し、今度は憎まずに済む幸せな景色を造ろう。そうすればきっと、にいちゃんは笑ってくれるはずだから。

結局のところ彼女にとっては、どこまでいっても〝にいちゃん〟が全てだった。

ただし、母と娘では願いは同質でも、その思惑には多少の差異がある。向日葵はマガツメの長女。取りも直さず、かの鬼女がまず初めに捨てなければならなかった想いの具象である。だからこそ彼女の願いはマガツメのそれと同質であり、産まれた瞬間から他の姉妹にはない特別な役割が与えられている。

向日葵の心は、名の通り愛する人と崇めるべきものへ注がれる。母娘の願いは「彼の幸福」であり、マガツメは兄の幸せをかつてに見出すが、向日葵はそうではない。歯を食い縛って歩いてきた彼を知っている彼女にとって、幸せになって欲しいという願いは同じでも、その思惑は全てを滅ぼすことに直結しない。けれど彼女はマガツメの一部。母を裏切ることもできない。

「だから私にできるのは、場を整えるまでです」

薄暗い場所で、向日葵は誰に聞かせるでもなく呟いた。

マガツメは大切な〝にいちゃん〟と敵対し、傷つけたとしても止まらない。そもそも傷つける という発想に至らない。彼女にとっての幸福は、遠い葛野にしか存在していないのだ。在り方は 変わらない。変えられないほどに壊れてしまっている。結局、兄妹は理解し合えないまま敵対し、 向日葵もまた大好きな〝おじさま〟の敵にしかなれない。

「私は母と同じものだから、貴方の味方はできません。でも、その先にあなたの幸福がないと知 っているから、敵としてできる限りのことをします」

薄闇の中には蠢く影がある。マガツメを救いと崇める古き鬼達、造られた下位の鬼、鈴蘭。戦 力と呼べる全てを集めた。

それが向日葵にできる精一杯だ。マガツメの願いを叶えたいから、その思惑から外れることは しない。古き鬼をそそのかし、甚夜の邪魔をするように仕向けた。鈴蘭の、母の異能の実験も終 えた。母のためにできる限りのことはした。

ただし全てを前倒しして、それとなく噂を流しながら。七緒と交流があったのは把握している。 その上で鈴蘭の存在も知らせた。彼ならばマガツメの思惑を完全に理解し、こちらの意図も察し ただろう。

「鈴蘭、造られた鬼、母を奉る古き鬼達。全部ひっくるめて吐き出します。一夜で全てを終わら せ、母と貴方、勝った方が意を通す」

今を大切に想う貴方が正しいなら、過去にこだわる母を退けろ。それができないのなら正しいのは母だ。できたのなら、貴方の幸福を邪魔するものを全て道連れにして消える。

つまりマガツメと甚夜、どちらが勝とうとこれを最後にする。余力は残さない。願いのために全てを吐き出す。ここで失敗すれば、お互いもう取り返しはつかない。勝った方が総取りの、一回の勝負で全てを決める。そういう状況にまでもっていくのが向日葵の思惑だ。

「ねえ、おじさま。決着をつけましょう」

後は両者に全てを任せる。結果がどちらに転ぶとしても、最後の最後には与えられた役目を果たすとしよう。

その夜、街には古きあやかしが溢れる。

純粋な想いだけを胸に、向日葵は終わりの始まりを告げた。

6

眠れない夜は、少しだけ胸がざわめく。疲れているはずなのに意識がはっきりしていて、朝が近づくほどに気だけが急《せ》いてしまう。こういう夜は、なんだか居心地が悪い。

みやかはベッドから抜け出して誘われるように窓を開けた。冷たい風が部屋を訪ねてくる。

ふと黒い空を見上げれば、やけに赤い月と瞬く星が見えた。冬は空気が冴えていて、いつもより星月がくっきりと映し出される。それでも昔、高層ビルも工場もなかった頃と比べれば、星の数は減ったのだろう。見たこともない景色を想像して感傷的になってしまうのは、きっと眠れない夜のせい。開けた窓の先、広がる街から伝わってくるわずかに震える何かのせいだ。

「嫌な夜」

不気味な赤い月に、まるで街自体が震えているようだ。

奇妙な夢想に苛《さいな》まれて俯く。明確な理由はないが何かよくないことがどこかで起こる、そんな気がする。だからといって何ができるわけでもない。いつきひめなんて名ばかり。こうやって遠くで憂いて無事を祈るのが精々だ。

「悔しい、なぁ」

意識せずに零れた呟きは、だからこそ素直な感情の吐露だ。今は、ただ色々なことが悔しくて俯く。すると、窓の外で見知った顔が手を振っていることに気付いた。

「少し、付き合って」

「溜那さん？」

いきなりのことなのに、みやかはその誘いを断らなかった。

◆

多くの怪異の気配が集まっている。おそらく今夜、奴らは事を起こすのだろう。

甚夜は愛刀である夜来を手に、これまでの道のりを思い返していた。

勝とうが負けようが、これで全てが終わる。正しいとは言えなかった、それでも大切だった日々の価値が問われているように感じられた。

「ん、よかった。行く前に会えた」

突然、あまりにも気の抜けた調子で少女に話しかけられる。あやかしとの戦いに挑む前だというのに、溜那が柔らかく微笑む。その傍らには、みやかの姿もあった。

「溜那、みやかも？」

「連れてきた。言いたいことがあるって」

そう言って胸を張る溜那は、自信満々といった様子だ。とん、とみやかの背中を押して甚夜の元へ送り出す。

「えっ、と。こんばんは？」

「何故、ここに？」

「私もいきなり連れてこられて、あんまりよく分かってないんだけど」

彼女自身も困惑している様子だった。意図を問うつもりで溜那を見ると、ひどく気楽な答えが返ってきた。

「物事には段取りが必要。いつきひめに、送り出してもらわないと」

それだけのために連れて来たらしい。納得はいかないが、何かを言う前にみやかが口を開いた。

「色々聞かせてもらったけど、甚夜が今までどんなに頑張ってきたか本当の意味では理解できてないんだと思う。私は、部外者みたいなものだから。結局、なんにも貴方のことを知らない」

いつきひめだ、想いを受け継いできた一族だといっても、所詮は一介の高校生。鬼ではなく、付喪神使いでも都市伝説を扱えるのでもない。そういう少女では肩を並べて戦えず、因縁やこだわり続けた憎しみを知らないから支えになってもあげられない。

それが彼女の抱いていた劣等感だった。

「なんにも知らなくて、何一つ分かっていないから無責任に言うね。遅刻しないように、早めに終わらせて寝た方がいいよ。それで、また明日学校で」

よく分からないけど、貴方なら簡単に終わらせられるだろう。重荷にならないよう何気なく、できるだけ軽く。そんな気持ちが言外に伝わってくる。彼女は何も知らない友人として、死地に赴く甚夜に無上の信頼を向けてくれた。

「私からは、このくらいかな。じゃあ、頑張ってね」

「ああ、そう、だな。少し行ってくるか」

満足そうにみやかが微笑む。

大仰な言葉ではなかった。また明日、会えるのだ。別れの際なんて小さく手を振って「じゃあね」で十分。そういう心を甚夜はちゃんと受け取った。まるで日常の談笑のような気負いのなさを彼女も喜んでくれている。いい具合に肩の力が抜けた。溜那とみやかの気遣いに感謝し、街の中心部の方を睨みつける。

「みやかを家に送ってから、合流する」

「ああ、頼んだ」

溜那にそれだけ言って、甚夜は先に戦いの場へと向かう。

自分は多くに支えられていると、あらためて実感できた。

だからこそ、個としての自分を突き詰めてきたマガツメには負けたくなかった。


夜の街に人の姿はない。代わりに蠢《うごめ》く影で溢れていた。

街灯に照らされる異形。折り重なる呻きが冬の冷たい空気を震わせる。

「っ」

短い呼気、右足で大きく踏み込み横薙ぎ、そのまま体を回し逆風。異形を一瞬で斬り伏せるが、まだひと息とはいかない。人の死骸を基にマガツメの手で産み出された鬼どもは、同胞の死など気にも留めず甚夜へ襲い掛かってくる。まるで光に吸い寄せられる虫のようだ。群がる、たかるの方が的確な表現かもしれない。

奴らの殺意は本物。ならば加減はできない。甚夜は冷静に冷徹に、淡々と命を刈っていく。袈裟懸《けさが》け、捌《さば》いて裏拳、頭蓋を砕き、蹴り飛ばすと同時に距離を詰め刺突。都合二十一。それだけの鬼を討っても後続は途切れない。相手はまったく強くはないのに焦燥を覚えるのは、最後の夜が訪れたのだと理解してしまったからだ。

「いい加減、鬱陶《うっとう》しくなってくるな」

吹き上がる黒い瘴気《しょうき》が、鞭となり刃となり群がる鬼を薙ぎ払う。

〈織女〉。吉隠が奪った夜風の異能だ。特性は自他の負の感情を溜め込み、物理的干渉に変換する。マガツメがいる。そう思うだけで心が淀み、沸き上がる憎悪が凶器に変わる。鬼どもは目を背けたくなるほど無残に切り刻まれ、ゴミのように転がされた。

「まだ来るか」

鬼の進軍は留まるところを知らない。いったいどこにこれだけの数が隠れていたのか。現代の夜はかつてと違って明るい。だというのに、あやかしどもが人工の光の中で正体を晒して闊歩《かっぽ》する。いつか対峙した時よりも、平成の百鬼夜行の方を奇妙に思う。そのくらい平成の世はあやかしにとって生きにくい場所だった。

「おいで、〝犬神〟」

絶え間なく押し寄せる鬼の群れへ、三匹の黒い犬が疾走する。多少デフォルメされてはいるが秋津の付喪神。爪も牙も伊達ではなく、十把一絡げの怪異を蹴散らす。

十代目秋津染吾郎。桃恵萌が異形の前に、散歩するような軽やかさで出る。不敵な笑みには相応の自信が宿っていた。

「ごめんね、遅くなった？」

「いいや、私も今来たところだよ。と、冗談は置いておくにして。見ての通り、まだまだ残っている」

「ならよかった。いや、よくないわ、それ」

うへぇ、と萌が嫌そうに息を漏らす。呆れるほどに斬ったのに、群れをなす鬼の数は減らない。彼女でなくとも嫌になってくる。

「っていうかさ、駅前なのに全然人がいないんだけど。なんかおかしくない？」

不可解に思った彼女が、きょろきょろと辺りを見回す。深夜とはいえ人が全くいない。騒ぎを聞きつけて集まってくる野次馬さえも。

「そこいらにいるだろう」

甚夜は苦々しく顎をしゃくる。指し示した先では、脱ぎ捨てられた衣服がもぞもぞと動いている。違う、中にいる赤ん坊が動いていた。道端に寝転んで泣いている赤子もいる。ひどく不気味な光景に、萌の声が震えた。

「なに、これ……？」

「マガツメの異能の一端だ」

「この、赤ん坊が？　っていうか、マガツメの異能って再生能力だって聞いてるんだけど」

「こういうことも、できるんだ」

「もしかして、ここに居たらあたしらも赤ん坊に変えられる？」

「マガツメは既にいない。直接対峙し、異能を喰らわない限りは問題ない」

「うわぁ、安心できない。今からあたしら、そいつのところに行かなきゃなんないのに」

単純な強さより、わけの分からない奴の方が怖い。萌も相応の場数を踏んだ退魔、その辺りは十二分に理解している。もしもこの現象をもっと広い範囲で行えるのであれば、マガツメは比喩ではなく単騎で現世を滅ぼせてしまう。

「まあ、相手も全力っぽいし。今夜で決着をつけるつもりなら、ラスボス倒せば終わりってこと。そう考えたら、そんなに悪くないかな」

萌は自分を鼓舞するためか、鬼と戦いつつもことさらに明るく振る舞う。決して聡い方ではない彼女だが、ずばりと本質を言い当てている。おそらくこれは、マガツメというよりも向日葵の仕業。一夜ですべての決着をつけるための仕込みだ。乗り切れば勝ち、そうでなければ負け。あの娘は、そういう単純明快な勝敗にまで状況を引っ張ってきた。

「君の言う通りだ。そう悲観したものでもない」

「でっしょ？　それにさ、こういう共同作業って、実はちょっと楽しくない？」

「はは。かもしれないな」

刀を振るい、敵を斬り裂きながらも甚夜は笑みを落とした。

憎しみに濁っていた心が少しだけ軽くなる。いつかのように秋津染吾郎と肩を並べて百鬼夜行に挑む。このような状況でも懐かしさが交じったような、こそばゆい気持ちになれたのは、間違いなく萌の、そしてあの飄々とした男のおかげである。巡り合わせというのは不思議だ。ふとした瞬間に優しくなれるのは、今まで犯してきた間違いが正しかった証明だろう。

「ってかさ、もしかして鬼が出てるのってここだけじゃない?」

「ああ、溜那や井槌、柳も手を貸してくれている。後は久賀見《くかみ》の小倅《こせがれ》や『古結堂《こげつどう》』の孫娘、私の知らない退魔も多分出てきているのだろう」

「そこらへん会ったことないんだけど、仲間がいるってのはありがたいわ」

言葉を交わしながらも動きは止まらない。左足で地を蹴り一太刀で三匹、瞬く間に異形を斬り伏せる。全力の一刀だ、晒す隙も大きい。だが、そんなものは問題にもならない。甚夜の背後から襲い掛かる数匹は、萌が割り込んで付喪神で蹴散らす。そのまま二人は左手を取り合い、勢い任せに体の位置を入れ替える。周囲の鬼どもを息一つ乱さず薙ぎ払い、両者は示し合わせたように口の端を吊り上げた。

「よっし、いい感じ!」

「ひとまずは、終わりか」

「ほんとにヒトマズ、みたいだけどね」

もはや数えるのも面倒になるくらいの敵を打ち倒し、ようやく場も落ち着く。駅前からは異形の呻きが消え、代わりに赤子の泣き声が響いている。ただし全滅させたわけではなく、あくまでも一陣目の攻勢を凌《しの》いだに過ぎない。

『負けぬ。我等は、負けぬ』

『おおよ、人に化けて隠れて、そんなまま生きて死んでいってたまるかぁ』

甚夜も萌も、第二陣の存在に改めて構えをとる。迫り来る鬼は、マガツメの創り出した知能のない有象無象《うぞうむぞう》だけではない。街の片隅に隠れながら生きる者達。居場所を奪われて心ならずも人の世で生きる妖異の姿もある。

甚夜自身も正体を隠して人の世で生きる鬼だ。しかし人の世でしか得られないものがあったから、あやかしが虐《しいた》げられる現代も悪くはないと思えた。逆に、姿を隠して生きなくてはならない平成に不満を抱き、人を恨む鬼もいるだろう。

『私達だって、居場所が欲しいんだ』

『マガツメが、あやかしに夜を取り戻してくれるというのなら』

彼らが上げるのは呻きでなく嘆き、時代に捨てられた者達の悲哀だ。復讐、刀。甚夜も早すぎる時代の流れに様々なものを奪われてきた。彼らが絞り出すように零す嘆きは、覚えがないといえば嘘になる。しかし、マガツメの行き着く先を認めるわけにはいかない。

「一応言っておくが、あれを祭り上げたところでどうにもならんぞ」

あれの願いは、人に虐げられた鬼を救う類のものではないのだ。それを知らないのか、知っていてもそこに一縷《いちる》の望みを託したいのか、鬼どもは苦渋に顔を歪め、胸の内を絞り出す。

『だとしても、何の価値もなく消えていくよりは、よほどマシだ』

先頭に立つ鬼は疲れたように息を吐く。

いっそ激昂《げきこう》し、怒りをぶつけられた方がやりやすかった。彼らは平成の世を潰したいのではない。自分達の存在を認められて、闇が恐れられた時代に戻りたいだけ。くしくも、それはマガツメと同質の願いだった。甚夜にとっては愛しくも憎むべき仇だが、前を向けない者たちにとっては、おそらくマガツメは救いに見えているのだろう。

「甚、たぶんさ。もう言葉じゃ止まらないよ」

「そう、だな」

悲しいが、鬼はそういう生き物だ。鬼達の目にあるのは悪意でも敵意でもない。切羽詰まって藁《わら》にも縋るような想いだ。

ぴん、と夜の冷たい空気が張り詰めた。一触即発、何かのきっかけがあれば直ぐにでもこの硬直は瓦解し、後に待つのは殺し合いだ。

「ごめん、遅れた」

そのタイミングで溜那が合流した。みやかを家まで送った後、急いで駆けつけてくれたのだ。

「遅れたおわび、ここは引き受ける。疲れる前に、マガツメのところへ」

「いいのか」

「ん、大丈夫。萌もつれてっていい。いると暴れられない」

甚夜が目で合図をすると萌は頷き、脇目も振らずに駆け出した。

マガツメの居場所は分かっている。〈遠見〉の鬼は、わざわざ降臨する場所まで教えてから逝った。溜那が後続を受け持ってくれるなら、これ以上ここに留まる必要はない。

甚夜と萌は一角の鬼を蹴散らし、最後の場所を目指す。

◆

残された溜那は彼らを守るように立ち、くだらないとでも言わんばかりの冷めた目で周囲の鬼達を一瞥《いちべつ》する。

「じいやは、たくさんのものを守った。だから今、守られてる。わたしはずっと守られてきた。だから今、守ろうとあがいてる」

甚夜は時代に捨てられた彼らを同情的に見ていたが、溜那はそう思わない。マガツメに同調して暴れる鬼達は、人と共に生きてきた彼女にとっては、はた迷惑な不良と何ら変わらなかった。

「時代に捨てられた？ ちがう、お前達はついていくのを諦めて手を放しただけ。それで勝手に振り落とされたくせに、おおきな顔をするな」

人は優しかった。希美子は年老いてなおも溜那を親友と言う。芳彦《よしひこ》は、鬼と知りながら彼女だけでなく甚夜や井槌、岡田喜一に向日葵でさえ受け入れた。

それは甚夜や溜那が向き合ったからこその結果でもあった。そういう努力をせずに、この鬼達はただ不満を口にする。居場所がないなんて言いわけだ。お前達が勝手に手放したくせして、それを時代のせいにするなんて情けないにもほどがある。

「動かないならいい。でも、私はじいやとちがう。これ以上何かするなら、みんなまとめて叩き潰す」

溜那は珍しく怒りを露わにしていた。

視線は鋭く、発する気配はそれ以上に研ぎ澄まされている。

射抜かれた鬼達は、しばらく動けず立ち尽くしていた。

◆

百七十年後、兄妹は殺し合い、その果てに鬼神が生まれる。

不吉な予言を忘れたことなど片時もない。マガツメが最後の夜、どこに現れるのかも初めから知っている。あれは歳月の果て、かつていつきひめがおわした社《やしろ》へと再び姿を現す。甚太神社《じんたじんじゃ》ではない。もともと火女《ひめ》の社は川が氾濫しても被害が少ないよう、集落の北側の高台に建てられていた。現在でいえば、戻川高校が建つ場所である。

「マガツメはそこに。おそらく、向日葵や鈴蘭も。萌、すまないが」

「まっかせて。甚はマガツメ、あたしは他全部。分かりやすくていいじゃん」

「ありがとう。だが、無理はしないでくれ」

「大丈夫、これでも結構、場数は踏んでるんだから。命の懸けどころくらいは弁《わきま》えてるって!」

道の途中でも鬼は襲い掛かる。向日葵は本気で全戦力を吐き出しているようだ。甚夜を慮《おもんぱか》りはしても、手加減するつもりは一切ないらしい。

足を止めずただ走り、すれ違いざまに邪魔立てする鬼を斬って捨て、付喪神が蹴散らす。それを何度繰り返したか。走り抜けた先、二人は銀杏《いちょう》並木へと辿り着く。冬の銀杏に葉はなく、寂しい並木道が続いている。夜の暗がりに立ち並ぶ木々の不気味さに心臓が跳ねた。

「甚」

「ああ、行こう」

この先でマガツメが、あの子が待っている。胸にはどろりと淀む憎悪がある。百七十年を経ても機能となった憎しみは捨てられなかった。けれど、そこに混じる違う色も確かにある。そう信じられるだけのものを積み重ねてきた。

だから今度こそ決着を。覚悟を胸に、甚夜は一歩を踏み出す。

「かっ、かかっ」

その瞬間、空気が漏れるようなかすれた笑みと共に凶刃が放たれた。赤い月を映して翻る、絶殺の意が込められた鈍色。怖気が走るほどに冷たく滑らかな一太刀が、桃恵萌の細い首を落とそうと夜に白線を描く。

「……え？」

死ぬ。過った想像に背筋が凍る。それでも咄嗟に反応できたのは、マガツメとの戦いに向けて集中していたおかげだ。すぐにでも戦えるほど昂《たかぶ》った心と体は、差し迫る濃密な死の気配を前にほとんど反射で動いていた。

甲高い鉄の音が響く。本当にぎりぎりだったが、どうにか夜来を割り込ませて致死の一撃を防いだ。その時点で萌も付喪神〝ねこがみさま〟を放っている。

相手もそれは予測済みだったようだ。ひと息で付喪神を斬り伏せ、襲撃者は悠々と距離を空ける。憎たらしくなるほど、その振る舞いは余裕に満ちていた。

「どういう、つもりだ……」

わずかでも反応が遅れていれば萌は死んでいた。沸き上がる怒りに甚夜は語気を荒らげる。襲撃者を睨み付けたまま取ったのは脇構え。もっとも慣れ親しんだ構えは意識してのものではない。ただ体が知っていた。ほんの一瞬でも気を抜けば命はない。あれは、そういう輩《やから》だ。

「これは異なことを。刀を振るうたのだ、斬る以外の答えなぞあるはずもなかろうて」

岡田貴一は、常識を説くような迷いのなさで語る。その言葉に嘘はない。防げたのは奴がわざわざ声を漏らしたから。それは奇襲を知らせるためだったのかもしれないが、込められた殺意は本物だった。間に合わなければ、間違いなく萌の首を落としていただろう。

「まこと濁った男よ。ぬしとて鬼を、人を斬って生きた身。今さら転がる死骸が一つ増えたとて、そう騒ぎ立てる話でもあるまい」

「お前……！」

「もっとも、ぬしはそれで良いのかもしれんな」

殺気交じりの激情を涼風のように受け流し、貴一は笑う。普段の血生臭さを感じさせるものではない。空気が漏れるような気色の悪い笑い方だというのに、落ち着いているようにも聞こえた。

「夜叉よ、以前語ったな。〝儂は人を捨て、鬼へ堕ち、その果てに剣へと至るために斬っておる〟。剣に生きた。ならばひたすらに斬り、剣に至ってこそ意味のある命よ」

その在り方は変わらない。願ったのはただ一つ。剣に生きるということ。刀は人を斬るために造られた。剣術は、より上手く人を斬るために生まれた術。ならばこそ斬る。人であれ鬼であれ、武士であろうと町人であろうと、女子供であったとしても関係ない。己が剣であるならば、ただ斬る。倫理道徳を排した、その真理こそが岡田貴一の全てだった。

「しかし時代は変わり、もはや刀に価値はない。ああ、勘違いしてくれるな。その道行きに後悔はない。剣のために生きたその在り方は変えられず、今もって変えようとも思わぬ。儂は事切れるその瞬間まで剣としてあろう」

だが、と貴一は刀を構える。

切っ先をわずかに傾けた変形の正眼。奴が最も得意とする構えだ。

「儂もまた、歳月の果てに濁った。藤堂芳彦、その子や孫ら。みやか君もそうだな。刀を持たずとも澄んだ者達を見た。そして彼ら、あるいはぬしを含めてもいい。気に入った者達のために剣を振るうのも悪くないと思ってしまった。それは、儂の望んだ剣ではない」

濁りは純度を下げる。だから散々切り捨ててきた。しかし濁りの美しさを知り、おそらくは彼もまた濁ったのだ。甚夜はそれを是とした。濁った剣では切れ味は鈍る。だが、おかげで斬らずに済んだものもあった。

「ならばこそ、今一度剣の意味を問わねばならぬ」

貴一はそう割り切るには、剣でありすぎた。

「斬らぬを誇るなぞ歩んだ道程が許さず、今さら刀も矜持《きょうじ》も捨てられぬ。夜叉よ、付き合ってもらおう」

故に彼は立ち塞がる。最後まで〝岡田貴一〟で在るために。

「儂は、この一合をもって己が剣の答えに至る」

時代遅れの人斬りは、道理を斬り伏せるようにそう言い放った。

7

岡田貴一の過去を語る意味はない。

その歩みはあまりにも単純で、語ったところでどうにもならない。武士に生まれたから刀を与えられた。刀を与えられたから剣術を学んだ。剣術を学んだから人を斬った。

本当にただそれだけ。悲劇も狂気もなく、貴一は当たり前のように人斬りに身を堕とした。彼は殺人に快楽を見出すことのない、極めてまっとうな精神の持ち主である。それでも斬るにこだわったのは、善悪よりも清濁で物事を判断するからだろう。

例えば、苦悶《くもん》に蹲《うずくま》る者に手を差し伸べること。見返りなど求めず周囲の評価など気にも留めず、純粋に相手を助けたいと願い行動すること。これを貴一は尊いと感じる。人を助けることを、ではない。助けたいから躊躇いなく助ける。余計な思惑に振り回されず、ただ己が願いに全霊を傾ける。そういう心の在り方をこそ、貴一は尊ぶ。嘘偽りも打算もない混じり気のない善意は、彼がもっとも好むものの一つである。それは言うなれば澄んだ水で造った酒の旨さ、不純物のない鉄の頑強さだ。余計なものがない、だからこそ見る者の心を打つ。

逆に、人を助ける行為がどれだけ素晴らしくても、金だの名誉だのと思惑がそこに混じれば薄汚い偽善へ成り下がってしまう。余分は価値を貶《おとし》める。ならば、それは刀にも同じことが言えるではないか。

〝大切な人を守る〟〝復讐だ〟〝正義を貫く〟〝夢を叶える〟。

まことと濁っている。そのような余分を乗せるから刀は鈍る。刀は人を斬るもの、斬ってこそ刀だ。忠義や名誉、信念に尊厳、道徳や倫理。何かのために振るう刀はつまり、下心を隠して差し伸べる救いの手に等しい。二心のない善意のように、なんの目論見もなく人を斬る剣こそがなによりも清廉。剣とは斬るために斬り、ひたすらに斬るを楽しむべきなのだ。

いくら華美に飾り立てたとて潤色は醜く、しかしどういうわけか現世はその手のもので溢れている。それを悪いとは思わない。澄んだ酒が旨いように、どぶろくにも味がある。どこぞの夜叉のように濁りを答えとする者もいるだろう。ただ、彼にはそれを是とできなかったというだけの話だ。

だから岡田貴一は、ただ斬ることにのみこだわった。

願ったのは、ただ一つ。剣に生きるということ。

刀を手に迷うなどあってはならない。

余分に濁り惑う心が、彼にはどうしても無様と思えてならなかった。

◆

「何故だ」

甚夜は最も得意とする脇構えをとった。油断なく神経を研ぎ澄ませ、けれどわずかに表情を歪める。

「お前にとって刀がどれだけ重いかは、その深さを理解できなくとも知ってはいるつもりだ。答えを見出そうとする心も分からんではない。だが、何故今でなくてはいけない？」

マガツメが動き、古き鬼どもが跋扈《ばっこ》する夜。甚夜の望みを知っている貴一は、この夜を選び立ち塞がる。そこに怒りはない。ただ純粋な疑問をぶつける。

「今だからこそよ。平時に挑めば、ぬしは立ち合いを避ける。応じたところで策を巡らせて仕込みに仕込み、互いに命を落とさぬよう手打ちとなる落としどころを探る。勝ったとて、〝以前の借りを返す〟とでも言って命まで奪うことはすまい。それでは儂の望みには届かぬ」

否定はできない。以前ならともかく貴一にはずいぶんと世話になった。真っ向から敵として斬り結ぶには、多少距離が近づきすぎた。奴の言う通り、もし平時に挑まれればおそらく戦いを避ける。それでは貴一の望みは叶わないのだ。

「が、後に鬼神が控えておる今ならば、その余裕はあるまい。かっ、かかっ。さて、どうする。時間はない。儂を打ち破らねば、全ては手遅れとなるぞ」

加減も躊躇も入り込まない、真っ向からの命の取り合い。その果てにこそ求めた答えがある。貴一は決して揺らがない。いくら説き伏せようとしても無駄だ。そもそも言葉程度で己を曲げられる男ならば、とっくに刀を捨てていたはずだ。

「そうか」

夜来の柄をしっかりと握り直す。今は問答する時間も惜しいし、これ以上続ける意味もない。結局、奴と語らうには剣を見せるしかないのだ。

「ならば遠慮はしない。己が意を通すだけだ」

迷いはない。全霊をもって応じるのみ。

甚夜の気迫を心地よさそうに受け、貴一が返すのは刃。淀みない重心の移動が生み出す、一歩目より最速に到達する疾走。頭部をほとんど揺らさない呆れるほどに卓越した歩法が、実際の速度よりもその進軍を速く見せる。勢いを殺さず繰り出されたのは紫電の刺突。瞬きの間に臓腑を貫く確殺の一手だ。それが滑らかに、初めからそうであったかのように翻る。甚夜が初手の突きに反応した刹那、軌道が変化し、切っ先は空気を滑り頭蓋へと向けられた。

差し迫る死を前にして頭は冷えている。脇構えから腕をたたみ、肘を起点に最短で振るう。同時に右斜め前へ大きく踏み込み、足の位置が決まると同時に体を回す。刺突を防ぐのではない。刀の腹に夜来を添わせ、頭蓋を狙う突きを逸らす。しかし貴一の刃は、さらに翻る。突きはそのまま流れるように袈裟懸けに変化する。以前よりも練磨された業は、数え切れないほどの死地を越えてきた甚夜をして背筋が凍るほどだ。

だが、まだ付いていける。袈裟懸けに刃を合わせて鍔迫《つばぜ》り合いに持ち込もうとするが、一瞬たりとも奴は止まらない。甚夜の刀をかち上げて半歩退き、生じた隙間を埋め尽くすように幾重も太刀が振るわれる。

ひゅぅ、と風を薙ぐ音。刀が夜に白線を描く。眼前で繰り広げられる光景は、苛烈《かれつ》でありながらどこか静かで流麗だった。ぞっとするほど恐ろしいのに、一切の無駄を削ぎ落とした岡田貴一の剣は、見惚れてしまいそうになるくらい美しい。

「ぬ、おぉ！」

それでも、ついていけるのだ。

短く荒々しい呼気。甚夜が振るう颶風《ぐふう》を思わせる激しい剣戟《けんげき》は、襲い来る死のことごとくを叩き落とす。かつては翻弄されるだけだった。けれど積み上げた歳月が、ここまで甚夜の剣を押し上げた。流麗とは言い難いが無駄なく力強く、技巧では届かないとしても食らい付くことはできる。

ここに至り二つの剣は拮抗《きっこう》し、だが両者は決定的に違った。鍛えた刃に余計な感情を乗せ、惑いに切れ味を鈍らせる。弱く無様な、その在り方をこそ誇る、甚夜の剣はそういうもの。互角の攻防を繰り広げても、本質的に岡田貴一のそれとは異なる。ひたすらに剣で在ろうとした男からすれば、斬れぬを誇る刀は濁り切って見えていることだろう。

甲高く鉄が鳴く。数多の剣戟を防ぎ、最後にひと際大きく刀が交錯し、弾かれるように甚夜は退いた。

距離が空き、追撃はない。これ幸いと肺に溜まった熱を吐き出す。瞬間の拮抗は保てても、剣の腕だけならばやはりあちらに分がある。甚夜にとっては綱渡りのような斬り合いだったが、向こうは汗を流すどころか息一つ乱していない。

「見事」

喜一が血生臭い笑みで心からの称賛を贈る。

久々に剣を見た。漏《も》れた呟きには感慨さえ宿っていた。

「ぬしは強い。濁りきったまま、よくぞそこまで突き詰めた」

「逆だ。余分を背負い、私は弱くなった。が、だからこそ張れる我もあるだろうよ」

「かっ、かかっ。言いおるわ」

ゆらり、甚夜の体が揺れたかと思えば、既に距離は詰まっている。

唐竹《からたけ》。容易に受け流され、しかし狙い通りだ。初太刀は囮《おとり》。〈合一《ごういつ》〉による〈剛力《ごうりき》〉〈疾駆《しっく》〉〈御影《みかげ》〉の同時行使。底上げした身体能力で正面からの不意打ち、逆袈裟、一気に斬り上げる。

しかし、あまりの速さに霞む刃が斬ったのは空のみ。貴一は一寸にも満たない距離を完全に見切り、上体をほんの少し傾けるだけで甚夜の渾身を躱《かわ》して見せる。〝太刀風三寸にて身をかわし〟は武芸物の講談のお決まりではあるが、人智など軽く超えた速度の立ち合いでそれを体現するとは。卓越し隔絶した技量に、感嘆よりも呆れが先に来てしまう。

「中々に驚かせてくれる」

「造作もなく避けておいて、よく言う」

命の取り合いをしながら、心底嬉しそうに貴一は笑う。その気持ちが分かってしまう。形は違えど、甚夜もまた刀にこだわった男の一人。一心に振るい半生を費やし、なのに流れ往く時代に半身を奪われて魂を無価値と断じられた。かつて全てと信じた刀は平成の世においては必要とされず、けれどこの男の前でだけは懐かしい重さを取り戻す。その事実に心が浮き立つ。友人でも仲間でもないが、岡田貴一は誰にも理解されない郷愁を分かち合える数少ない同胞なのだ。

「楽しいなぁ、夜叉よ」

奴もまた同じことを思っているのだろう。それを伝えるかのように、刀が饒舌《じょうぜつ》に語る。ひと息で踏み込み、放たれる殺意の籠る刃。全身が泡立つほど恐ろしく、見惚れるほどに美しく。心のどこか忘れていた何かが、刀が認められる今を楽しいと囁いている。

「ああ、そうだな」

刀が魂ならば、斬り結ぶは想いの測り合い。言葉にしないでも合わせた刃から甚夜は貴一の心、その奥底を百余年経てようやく理解する。ここには在り方を濁らせる余分は何一つなく、ただ刀と刀がある。マガツメのことも、今はどうでもいい。

二匹の鬼は鍛え上げた剣を、練磨し続けた魂を、歩んできた道程を、まるで大好きな玩具を自慢する子供のように見せつけ合う。刀を振るうために刀を振るい、斬るために斬る。怒りも憎しみもなく、己の存在を証明するように、ただ全霊を一太刀に寄せる。くだらない意地や憎悪、余計な不純物を削ぎ落とし、ただ濁りない殺意のままに振るわれる刀のなんと清々《すがすが》しいことか。己の全てが剣のために在る。この瞬間をこそ、岡田貴一は〝剣に至る〟と呼んだのだろう。そして、その美しさを知るからこそ、濁りの価値を知りながらも彼には認められなかった。

「だが、いつまでもこのままというわけにもいくまい」

楽しい時間というのは早く過ぎてしまう。

甚夜は一度退き距離を空け、構えるは再び脇構え。重心は引き足にかけられている。ゆっくりと呼吸を整え、腰を落とし。切っ先にまで神経が通う。

「岡田貴一。いつか預けた命、濁りの果てに得たもの、歩んできた道程の全て、この一刀をもって示す」

お互いの望みは完全に一致した。同じく剣に生きながら両者は相反し、そのどちらもが時代に不要と断じられた。

「だから、削ぎ落とした果てに得た全てを見せてくれ。現代に生きる、ただ一人の同胞よ」

剣を必要としない平成の世だからこそ、今一度、剣の意味を問わなくてはならない。

「同胞、か。捨て切れずなおもこだわって。所詮我らは同じ穴の貉《むじな》であったのやもしれぬ」

「ああ、だからこそ」

「しかり。儂もまた剣をもって示そう」

そっと風が吹き抜けて、頬を撫ぜてどこかへ消える。その程度で熱は冷めない。

想いに応えるためにも、今できる全てで迎え撃つ。

張り詰めた空気に、きぃんと耳鳴りがする。隙を見せればすぐさま首が落ちる。そうと知りながら、心はひどく穏やかだ。向けられる殺気が心地よくさえある。

それでも終わりは訪れる。合図となる変化はなかった。だというのに、まるで打ち合わせでもしていたかのように、互いに動き出したのは全くの同時だった。

距離が詰まる。変形の正眼から流れるように袈裟懸けへ。二段目の変化はない、彼の一刀には文字通り全てが籠っている。対する甚夜は脇構えからさらに腰を沈め、鏡合わせの逆袈裟。刀を後ろに回している分、技の出は同時でも一手遅れる。承知の上だ。不利などとのたまうつもりはない。左足はしっかりと地面を噛んでいる。踏み込んだ右足、腰の回転。さらに肩から腕、刀へと。全身の連動で練り上げた力を余すことなく乗せる。

貴一が血生臭い笑みを浮かべた。

甚夜の太刀は、速度で上回るためのものではない。斬られるのは端《はな》から織り込み済み。ならば肉を切らせ骨も半ば断たせ、引き換えに骨肉どころか魂ごと斬り裂く、そういう一刀だ。

全身に迸《ほとばし》る感覚は恐怖か歓喜か。震える心を今は押し込め、二匹の鬼は刃を交わす。優劣はない。どちらの身体能力が上か、技巧が勝るか。そんなものは問題にもならない。〈合一〉で底上げした疾走も、百を超える歳月磨き続けた人斬りの技も添え物に過ぎない。

言葉にならない雄叫びを上げ、二匹の鬼がぶつかりあう。駆け抜け、足を止め、再び静まり返ったように立ち止まる。

遅れて血が舞う。両者を隔てるのが在り方なら、終わりもまた在り方が決めた。

「ふむ」

無駄を削ぎ落とした貴一の袈裟懸けは、甚夜の胸元を大きく裂いた。

てらてらと血に濡れる刀身を眺め、貴一が静かに息を吐く。かつての立ち合いでは甚夜が膝をついた。しかし今回は肌を裂き肉を斬ったが、骨にも臓腑にも届かなかった。対して甚夜の剣は同じく貴一の胸元を斬る。ただし骨肉どころか薄皮一枚が精々、ほのかに血が滲む程度だ。

ここに勝敗は決する。

「儂の、負けか」

満ち足りた表情で息を吐き、岡田貴一は呆気ないくらい潔く敗北を認めた。

「剣の勝負とは、即ち命の奪い合い。互いに生きているならば、勝ちも負けもない。お前の言葉だったはずだが？」

肉を斬られ血も流したが、動けなくなるほどではない。甚夜は貴一に向き合い、かすかに口の端を吊り上げた。

「かっ、かかっ。いかにも。しかれど、この一合は答えを示し合った。ならば生き死に以外の決着もあろうて」

貴一は、たぶん甚夜の太刀を捨て身と判断した。

しかし、それは読み違いだ。

「儂は斬るべきを斬れなんだ。ぬしは斬らぬを貫いた。言いわけのしようもないわ」

先ほどの一手は、斬るためではなく斬らないためのもの。全身の連動で練り上げた一刀により相手のそれを相殺し、滑らせるように胸元へ。初太刀を防いだ時点で勢いのほとんどを失い、皮を斬るしかできないがそれも狙いのうち。貴一の得意とする二段階の変化と同じ理論。攻防一体の〝斬らない太刀〟だ。

技巧はあちらに分があり、防ぎきれず甚夜自身も裂かれたが目的は達している。今回の勝敗を分けるは、生死ではなく清濁。あらゆるものを削ぎ落とし、ただ斬るためにあった澄んだ剣は斬るべきを斬れなかった。余分を背負い濁って切れ味の鈍った刀は、正しく斬らないことを貫いた。

紛れもなく軍配は甚夜に上がったのだ。

「なぁ、岡田貴一。やはり私には刀は捨てられず、お前の言う濁りを削ぎ落とすこともできそうにない」

　勝利を手にしながら誇るでもなく、甚夜は頼りなく言葉を零す。心情を素直に吐露するのは、彼がかつての理想だったたから。一つに専心し、他の全てを切り捨てる。その純粋さに心底憧れていた。

「私は弱くなった。きっといつか背負ったものの重さに潰れる日が来るのだろう。だが、それも本望だ。濁り曇り余分に惑い切れ味の鈍った刀だが、おかげで斬らずに済んだものもある。……ならば時代に必要とされなくとも、斬るべきを斬れぬ無様な剣でも。そこに意味はあると自惚《うぬぼ》れられる」

　あの〝斬らない太刀〟は、預けた命で見せられる最大の成果だった。

「濁った剣の描く景色も、そう悪いものではないよ」

　辿り着いた甚夜の答えが、どのように伝わったのかは分からない。貴一は血の滴る刀身を見つめるのみで、その胸中を窺い知ることはできなかった。

「結局、ぬしの答えは変わらぬか。まこと、濁った男よ」

「それもいいさ。お前はどうだ、その剣に意味は見出せたか」

　いつか貴一が口にした問いを、今度はそのまま彼へ投げかける。返ってきたのはかすかな自嘲と、今も揺らがない堂々とした言葉だ。

「さて、ぬしに敗北すれば濁りを受け入れるやもと思うたが、今さら生き方は捨てられぬ」

「では」

「やはり、答えなぞ易々《やすやす》と変わるものではないな。濁りを削ぎ落とし、ただ剣に至る、もとよりそのための命よ。平成の世が剣を不要と断じるならば、時代に取り残された人斬りのまま生涯を閉じるとしよう」

それだけ残して貴一は踵《きびす》を返す。去っていく姿に陰りはなく、その歩みに迷いはない。本当は答えなど変わらないと知っていたのかもしれない。

「一つ、聞かせてくれ。お前にも異能はあるのだろう。何故使わなかった？」

小さくなる背中に問いかける。立ち合いにおいて貴一は剣のみで戦った。最後まで異能を振るうことはなかった。何故、奴は全力を尽くさなかったのか。

「おお、忘れておったわ」

演技じみた、いかにもな戯言《ざれごと》だ。貴一はそれ以上何も言わず、立ち止まろうともしなかった。

勝敗を分けたのが清濁とするならば、言うまでもなく甚夜は濁である。だがもしも、ほんの少しではあるが、澄んだ剣にも躊躇いというかすかな濁りがあったとすれば。天秤が傾いた本当の理由は、奴の剣をほんの少し曇らせた濁りにあったのかもしれない。

結局、甚夜は呼び止めることもせずに貴一を見送った。

夜の街に消えた人斬りの行方は、己の行く末さえ分からない夜叉には見通せないままだった。

「男の意地を立てるのがいい女ってのは、分かってるんだけどさぁ」

ぼやくような物言い、声の調子は呆れ交じりだ。時代遅れの決闘の立会人を務めた萌は、その結末に納得がいかないのか微妙な顔をしている。

「でも言わせて。なんていうか、男ってめんどくさい」

今どきの女子高生である萌の感想は、そんなものだ。馬鹿にしているのではない。彼女もまた古き想いを背負った身、命よりも重いもの、どうあっても譲れないものがあることくらい理解している。それでも非合理に非合理を重ねた甚夜達の斬り合いは、差し迫った状況を考えれば、呆れが交じってしまうのも仕方がないのだろう。

「あんだけやり合って答えが変わらないいんなら意味ないじゃん。ほんとは、話し合いで解決できたんじゃない?」

「はは、そうだな。だが、私達には刀しかなかったんだ。答えを出すのは刀であって欲しかった。本当に、ままならないものだ」

甚夜は小さく笑みを落とす。たとえ無意味であったとしても、あの一瞬はお互いにとって確かに価値があった。

「意地っ張りの頑固もの」

「褒め言葉だな。さて、随分足止めを食ってしまった。急ごう」

話はここまで。甚夜は再び前を見据える。

立ち並ぶ葉のない銀杏並木、その先に校門が見える。通い慣れた道が今夜はひどく息苦しい。だが、臆している暇はない。異形の呻きを払うように駆け抜け、校門を潜《くぐ》って辿り着いた校庭。見回せばいくつもの目。ここもあやかしで溢れている。動こうとしないのは、主が来るのを待っているからだろうか。

「うわぁ、引くぐらい多い」

「よくもここまで集まったものだ。とりあえず、大人しくしているのだけは幸いか」

視線の多さに、それだけで圧力を感じる。逃れるように見上げれば、夜空には赤い月。毒々しいまでの色彩が否応《いやおう》なく不安を掻き立てた。

赤い月は大気の影響による現象で、朝日や夕日が赤く見えるのと同じ理由だという。単なる自然現象、原理も解明されており、騒ぎ立てるようなものではない。しかし今よりも昔、まだ科学の光が夜を照らしていなかった頃、赤い月は不吉の象徴だった。現代を生きる萌には、また周囲を埋め尽くす古き鬼達には、この月はどのように映っているのだろうか。

「……っ!」

くだらない感傷が過り、しかし凍てつくようなひりつくような、痛みさえ覚える空気の震えに甚夜の全身は強張った。懐かしい気配にどろりと心が淀む。愛したはずの妹を憎み鬼と為ったこの身は、憎しみから逃れることはできない。けれど胸には、たぶん別の感情もあった。

「あ、はは。やっば。あたし、震えてる」

萌もまた近づく気配を感じ取り、小刻みに肩が震えている。怯えではない。心よりも早く、彼女の体が勝手に反応してしまった。

二人は咄嗟に構え、同じ方向を睨み付ける。

暗がりから浮かび上がるかのように女が姿を現す。野放図に伸びた、波打つ眩《まばゆ》い金紗《きんしゃ》の髪。年の頃は十六、七といったところか。黒衣をまとう女は幼さを残した顔立ちだが、その容姿を可愛らしいとも美しいとも思えなかった。

「これが、マガ、ツメ……」

か細い声は動揺のせいか、あるいは嫌悪か。萌は今度こそ明確な恐怖に震えた。甚夜の背中にも、ぞわりと寒気が走り抜ける。

『ぁ……ぁ……』

マガツメの喉からかすれた音が漏れた。

昭和の頃、七緒に聞いた。母は散々心を切り捨て、憎しみだけを残したせいで化け物に近づいていると。理解しているつもりだったが、それでも足らなかった。寒気の正体は、憎しみではなくおぞましさ。妹の姿を目にした瞬間、憎悪よりも生理的な拒否感が勝った。

「そうか、お前は」

お菊虫や平四郎虫《へいしろうむし》。憎しみを抱いたまま死んだ者は怨霊となり、さらに害虫に変わる。憎しみが虫に変わるという信仰は、日本に古くから残されている。おそらくマガツメの蟲《むし》の腕は、そこに起因する。あれは散々心を切り捨てた結果、残された憎悪の象徴だ。長い髪に隠れているがマガツメの顔の半分は昆虫の複眼で埋め尽くされ、体の至る所から生えた節足がぎちぎちと嫌な音を鳴らす。右腕は大百足《むかで》を思わせ、服の下でも何かが蠢いていた。

残された片方の眼で確かに甚夜を捉えたマガツメは、壊れたようにケタケタと笑い続ける。

『ああ、ようやく。願いが、叶う。あなたの。幸せが、すぐそこに』

あまりの惨状に、甚夜は思わず歯噛みする。

「お前はもう、そんなにも壊れてしまっていたのか」

予言の時は、ここに訪れる。

マガツメは再び彼の前へ姿を現した。もはや手遅れの、どうにもならない災厄として。

泥《でい》中《ちゅう》之《の》蓮《はす》

1

歳月を重ねれば記憶も薄れる。

ただあの夜、雨が降っていたことだけは今も覚えている。何もできなかったが、妹は傍にいてくれればそれで嬉しいのだと言った。降りしきる雨は冷たかったが、繋いだ手はあたたかかった。いつか無邪気な笑顔に救われた。心からあの子の兄でいたいと願った。そんなこともあったという、遠い昔の話だ。

ふと過《よぎ》った面影が重なることはない。それほどまでにマガツメは変わり果ててしまった。同時に、甚夜も変わり過ぎてしまったのかもしれない。大切なものが増えたから、もうマガツメへの、鈴音への憎悪のためだけには生きられない。

『あ、あ。もうすぐ、もう、すぐ…だから……』

それにさえマガツメは気付けていない。彼女は、遠い昔の話に固執する。懐かしい葛野の地で兄と過ごした日々。白雪と一緒に甚太を振り回して当たり前のように甘えられた、確かにあったはずの幸福な過去に手を伸ばしている。

『邪魔を、するなぁ』

眼前に立つ青年を兄と理解しながらも、なんの躊躇《ためら》いもなく牙を剥く。疾走という表現ではまだ生温い。体術を修めず身体能力にまかせた動き、それでいて瞬きの間に距離をゼロにする。マガツメにとってあの動きは平時の歩行と何ら変わらず、だからこそ読みにくい。例えるなら猫の一足や海月《くらげ》の遊泳が近い。技がないから型がなく、ごく自然な踏み込みには余計な力みもない。修練ではなく、生物としての絶対的な格差が生む天然の無拍子だ。

一瞬たりとも目は逸らさなかった。だというのにマガツメの姿が視界から消える。気付いた時には既に間合いの内、側面に回り甚夜の頭蓋を抉《えぐ》ろうと鋭い爪が繰り出された。

視認できないほどの速度で放たれる死角からの一撃は、明らかに以前とは違う。兄を想いながら、兄のために兄を殺す。支離滅裂でまっすぐな意思が、そこにはある。

「久しぶりの再会だというのに、ずいぶんせっかちじゃないか」

生半な使い手ならば何が起こったのか理解する前に絶命させる、そういう一手を振り返りもせず愛刀で防ぐ。

〈合一〉、〈剛力〉〈疾駆〉〈御影〉の三種同時行使。己の意思で規格外の膂力《りょりょく》と速度を完全に掌握、長時間そのままの状態を維持する。体への負担は考えない。流れた空気とわずかな気配だけを頼りに、甚夜は突き付けられる爪を一歩も動かずに受け止めてみせた。

「だがこの命、そう易々《やすやす》とくれてはやれないな。お前と向き合うために、やれることはやってきたつもりだ」

マガツメと対峙《たいじ》し、その想いを真っ向から受け止めるために百七十年をかけた。

「どうせまともに話を聞く気はなかろう。恨みもある、痛手は覚悟してもらうぞ」

左足を軸に最短距離でマガツメと正対する。やはり速い。甚夜が次の行動へ出る前に、彼女は距離を空けようと退く。だが、追い縋《すが》れる。ひと息で間合いを踏み潰し、力任せに顔面を殴り付ける。

マガツメには、それがちゃんと見えていた。甚夜の動きを読んだのではない。不意打ちを、不意を打たれてから反応して避ける。それを可能とする圧倒的なまでの基礎能力の高さ。マガツメは上、甚夜は下。百七十年経っても力関係は変わっていない。

だが、その差を埋めようと足掻《あが》いてきた。〈疾駆〉で連動する全身の速度を瞬発的に引き上げ、振るう拳を急激に加速させる。それが相手の反応を上回った。頬へと突き刺さり、まだ終わらない。いつきひめが守り、集落の長から託された半生を共にした愛刀。夜来を左逆手、殴り付けた右手を引き、その勢いで一気に斬り上げる。

いくら身体能力が高くても、崩れた体勢では反応が遅れる。練り上げた力を余すことなく乗せた一刀だ。鈍色の刃はマガツメの肉を裂き、傷口から赤黒い液体が滴り落ちた。

『ぎっ、ぎぃ』

唇から漏れる吐息に、虫の鳴き声を連想する。

甚夜にできたのは、そこまで。マガツメが乱雑に右腕を振り回したことで踏み込みを阻害された。そのうちに逃げられてしまう。せっかくあちらから間合いを詰めてくれたのに、機をものにできなかったのは痛かった。

「すっごい！　いい感じじゃん！」

今の一合に限れば、優勢は明らかに甚夜。鬼神と謳《うた》われる怪異と対等に渡り合う姿に、萌が全身で喜びを表現していた。

油断せずにマガツメを注視する。確かに手傷は負わせたが、あの程度では意味がない。

「このままなら、ってあれ……なん、で」

はしゃいでいた萌もまた、気付いたらしい。喜色に満ちていた顔が戸惑いに変わる。手傷を負わせたし、この調子でいけば勝利はこちらに傾く。そう思っていたのに、マガツメは平然としている。

〈疾駆〉〈剛力〉、異能を合成して振るった拳が顔面に直撃した。体も刀で斬り裂いた。致命傷とはいかないまでも、決して浅くない傷だった。そのどちらの傷も、ほんの一瞬目を離したうちに完全に消え去っていた。

『〈まほろば〉』

短く呟いた声は、あれだけ気色の悪い容姿をしているというのに鈴の音のように涼やかだ。あれがマガツメの異能。ある程度は、萌もその概要を聞いていたようだ。

「マガツメの異能。蟲の腕と異常な、回復？」

「いいや、違う」

甚夜はそれを冷静に否定する。三代目秋津染吾郎からはマガツメと対峙した時、蟲の腕と異常な回復能力を見たと聞いている。しかし、それは表に出た形でしかない。

「あれは〈まほろば〉。マガツメの、心から望みながらもあと一歩届かぬ願いの成就」

蟲の腕は散々に心を切り捨てた結果、残ってしまった憎しみの象徴。そして異常な回復能力は、本質的には治癒でも再生でもない。あれが彼女の願いの形だった。

「その本質は〝時間の逆行〟。自他の時間を巻き戻して、元通りにする。傷を負う前に、成長する前に、壊れてしまう前に。それがあいつの願いだ」

回復も赤ん坊も、結果が違うだけで同じ現象だ。自身の時間を巻き戻せば負った傷が治り、他者の時間を巻き戻せば行き着くのは生まれたばかりの赤子になる。死なないし、一撃で殺せる。その異能がどのような願いに起因するかは、あえて語る必要もなかった。

「近付くなよ。触れられれば、そこで終わりだ」

「でも、甚は?」

「私なら問題ない」

答えるとほぼ同時に動く。〈まほろば〉は厄介だ。いくら傷を与えても無意味だが、まずは近寄らなければお話にならない。

しかし、易々と近寄らせてくれるほど甘い相手でもない。振り上げられる右腕。深緑に変色した異形《いぎょう》の腕は、皮膚を食い破り外骨格と歩脚が生えている。例えるならば、芋虫と百足《むかで》の混合だろうか。目を背けたくなるほど醜悪なそれは、波打つように躍動しながら著しく体長を伸ばし甚夜へと襲い掛かった。

「っ」

足を止められた。ぎちぎちと不快な音を立てながら突進する害虫は、鈍重そうな外観とは裏腹に規格外の速度と威力を誇る。無理矢理に引き上げた身体能力を用いても防ぎきれない。体勢を低くして、下から掬《すく》い上げるように逸らすのがせいいっぱいだ。

異形の腕は、それ自体が生きているように絶え間なく責め立てる。重い、速い。単純な力による攻めは、単純だからこそ対処しづらい。一撃一撃が必殺、にもかかわらず尋常ではない回転率。わずかでも気を抜けば、こちらの方こそ虫のように叩き潰される。意識を研ぎ澄まして直撃を避け、夜来で受け流し、マガツメの猛攻をどうにか凌《しの》ぐ。

ひと際大きく蟲の腕が躍動する。それを逸らすと同時に一歩を踏み込み、次が来るより早く足を進める。そういう瞬間を狙い澄まして、背後から忍び寄る白い腕。闇から浮かび上がるように姿を現したのは、目も鼻も口もない無貌《むぼう》の異形だ。鈴蘭は意識をマガツメにのみ傾けていた甚夜の無防備な背後へ、鞭のように腕をしならせる。

「させないっての！」

その一撃を迎え撃ったのは萌だ。多分、最初からそれを警戒していたのだろう。彼女は冷静に奇襲へ応じていた。

鍾馗の短剣を振るえば、髭面《ひげづら》の大鬼が暴れ狂う。三代目秋津染吾郎の生み出した秋津の至宝だ。厄病を払い、鬼を討つ鬼神。マガツメの眷属《けんぞく》を相手取るには似合いの付喪神《つくもがみ》だろう。

「助かる」

「どういたしまして。ってかさ、ちゃんと反応しようよ。来てたの分かってたっしょ?」

互いに攻撃を捌《さば》きながら軽口を叩く。背後を守ってくれる誰かがいる。その事実に安堵を感じ、死の危機に晒《さら》されながらも会話できるくらいのゆとりが生まれた。

「そこまでの余裕はないんだ。悪いが一切合切、君に任せる。頼むぞ、その結果いかんによって私は簡単に死ぬ」

「いや、そんな自信満々に言われても。でもまぁ、嬉しくはあるかな」

マガツメを相手によそ見する余裕はない。ましてや鈴蘭を同時に対処するのは不可能だ。だから最初から決めていた。甚夜はマガツメ、萌が他全部。大雑把すぎるが、現状最も合理的な手段でもある。そして背後から近づく鈴蘭に気付きながら何の反応も見せなかったのは、意識を逸らせばその時点で終わるから。何より、萌ならば背中を守り切ってくれると信じていたからだ。

「背中を、命を、男の意地を守ってくれと願われた。それに足る女だと見込まれた。女冥利《みょうり》に尽きるってもんじゃない。ってことで、任されたっ!」

横薙《よこな》ぎに放たれる鍾馗の一撃、鈴蘭は身を固めて防ぐも衝撃に吹き飛ばされる。ガラス窓を突き破り校舎の中へ。狙い通りだと萌がにっかりと笑って見せた。

鈴蘭以外の大半の鬼には、攻め込んでくる気配はない。甚夜とマガツメの決着を見極めようとしているのだろう。だが、鬼のうち幾体かはマガツメの邪魔をしないためか、甚夜を無視して萌に襲い掛かった。

「おいで、犬神」

萌が犬神を放って牽制《けんせい》しつつ、すぐさま鈴蘭を追って校舎へと駆け出せば、鬼達も怒号と共に押し寄せる。鈴蘭と高位の鬼が十数匹に、後は産み出された下位の鬼。萌はその全てを引き受けてくれた。

甚夜に声をかけなかったのは、これ以上集中を乱させないため。身を案じればこそ余計なことを言わず、己が為すべきを為す。あの子は、確かに秋津染吾郎だった。

「ありがたい」

本当に、よい友を得た。萌の心遣いにふと口元が緩む。それがマガツメには不快だったのかもしれない。

『…〈地縛〉……』

虚空から現れた鎖が縦横無尽に宙を走る。いや、鎖ではない。また虫だ。尋常ではない体長を誇る大百足が、四肢を搦めとろうと鎌首をもたげている。甚夜は四本の鎖を具現化して操ることしかできないが、〈地縛〉は本来、鎖一本につき何か一つを制限する異能。マガツメが娘達の異能を十全に使えるのだとすれば、触れられただけで負ける。

一斉に降り注ぐ大百足。嫌悪感を催す光景だ。〈地縛〉〈織女〉の同時行使。鎖と瘴気《しょうき》の鞭でそれを迎撃し、だが異形の右腕による攻めも続いている。

「ぬ、ぐぅっ」

膂力や異能の練度ならば、土浦《つちうら》が上だった。岡田貴一の技は他の追随を許さない。魂をストックする南雲叡善に、呪詛《じゅそ》の具現かんかんだら。難敵なら今まで幾度も相手取ってきた。しかし、マガツメは誰とも違う。あれは、ただ強い。〈まほろば〉に異形の腕、自然体の無拍子、壊れた心ゆえの躊躇いのなさ。強さの理由ならいくつもあるが、そんなものどうでもよくなるくらいに地力が違う。努力でも才能でもなく強いから強い。彼女の存在は、あまりに理不尽な覆しようもない真理の暴力である。

しかし、その程度で膝をつくならば最初から挑んでいない。無茶や無謀は承知の上。窮地も苦難も上等、願いがあるならば乗り越えるまでだ。

最後の最後で母さんを止められるのは、あんたしかいない。かつて鳩の街の娼婦に、そう言われた。心情的にも能力的にも、あれを止められるのは甚夜しかいないのだ。

「ああ、分かっているよ、七緒」

かつては鬼神を止めなければと思いながらも、斬るかどうかさえ決められなかった。鈴音と再び出会った時、どうすればいいのか。憎悪の行方も、何故刀を振るうのかも何一つ分からないまま故郷を離れた。

けれど今は違う。

津波のように押し寄せる猛攻を受けながら、甚夜は決意を新たにして刀を振るった。

2

最後の夜を迎える少し前のことである。

放課後、誰もいない夕日に染まる廊下で、萌は緩やかに微笑みながら問うた。

『例えばさ。あたしとみやかが殺されそうになって。どっちかしか助けられないってなったら、甚はどうする？』

出会ってすぐの頃に同じ問いをした。もっともその時は、「みやか」と間髪入れず断言されてしまった。桃恵萌として親しくなれた今、とても意地悪な質問だと思いながらも、答えを彼の口から聞きたかった。

『あの時よりも迷いは強い。だけどきっと、そうなれば私はみやかを助けると思う』

迷って手遅れになっては困る。決断はなるべく早い方がいい。

そう言った甚夜が数秒ほど躊躇ったのは、萌がそれだけ彼にとって大切であることの証明だ。それでも正直、少し傷ついた。余計なことを聞いたのはこちら。自業自得なのだから選択を責める気にはならない。ただ、理由は気になる。多分彼は困るだろうし決定的なことを言われたら立ち直れそうにないが、萌は敢《あ》えて聞き返した。

『ちなみになんで？　あたしってそんな魅力ない？』

冗談っぽく頬を膨らませて問うのは、彼女なりの気遣いで精一杯の強がりだ。

答えにくい質問だが、こういう時に決まって彼は子供のわがままを受け入れる父親のように応じてくれる。けれど彼の反応は、いつもと違った。不機嫌にはならない。ただ「何を言っているんだ」とでも言いたげだった。

『私とて、できるなら最上の結末を望むさ』

そうして彼はそんな風に、不敵に笑ったのだ。


十代目秋津染吾郎、桃恵萌はいくら能力が高くともまだ少女である。

秋津は付喪神使い。器物に宿る想いをあやかしへ変えて使役するのが彼等の業。鍛えても体術のみで鬼を凌駕《りょうが》する力はなく、年若い萌は経験も浅く、老獪《ろうかい》なあやかしを出し抜けるような思考の速さも持たない。

「あたしは、弱い」

何より百年を戦い続けた鬼喰らいの鬼、その姿を目の当たりにして自惚《うぬぼ》れたままいられるほど厚かましくもなかった。

もちろんそれは甚夜や岡田貴一、かんかんだらにマガツメなどと比較した場合の話。並大抵の怪異では、彼女の足元にも及ばない。十六歳にして数多《あまた》の付喪神を使役する萌は、才能という観点で言えば図抜けている。この歳で高位の鬼さえ調伏《ちょうぶく》するのだ、いずれは稀代《きたい》の退魔と謳われる日も来るだろう。

それでも今の彼女には全てを圧倒する力量はない、そう自覚している。だからこそ戦いの場に校舎を選んだ。

「おっけ、ここがいい」

鈴蘭を校舎へ押し込み、追ってきた鬼どもから逃げるように廊下を走る。当然ながらすぐに突き当たって、逃げ場を失い追い詰められた。壁を背にした現状が、萌にとっては最良のシチュエーションだ。

『がぁ……っ！』

追ってきた数多の鬼を迎え撃つ。校庭で縦横無尽に、四方八方から襲われては対応しきれない。けれど狭い廊下ならこちらが有利。甚夜たち歴戦の鬼の経験値には及ばない。マガツメのような規格外の怪異のステータスには届かない。けれど、桃恵萌にも強みがある。

「犬神、ねこがみさま」

付喪神の秋津の本領だ。廊下の突き当たりを背にすれば、敵の来る方向は絞れる。肉体的には鬼に及ばずとも、狭い場所で一度に襲い掛かる敵の量を制限すれば、数の優位は常にこちらへ傾く。一匹、二匹、三匹。おそらくは高位の鬼であろう。優れた体躯《たいく》を持つが故に、一回の襲撃ではその程度。おあつらえ向きだ。

「でも状況さえ限定すれば、物量ではこっちが上。そんでもって」

黒い犬が、まるっこい沢山の猫が、波のように壁のように鬼どもへ雪崩《なだ》れ込む。それで一網打尽とはいかない。相手も高位の鬼。叩き潰され、引き千切られ、付喪神が蹴散らされていく。

一瞬の足止めができれば十分だ。そうすれば物量と、〝一発のデカさ〟でこちらが勝つ。

「おいでやす、鍾馗様っ……！」

鍾馗は秋津の切り札、特殊な能力がない代わりに桁外れの強さを誇る。一瞬で三撃。高位の鬼さえも容易《たやす》く葬る、高純度の力の塊。歳月を越えた秋津の至宝が、零《こぼ》さず運んできた大切な想いがこの手にある。ならば、多少の窮地で尻込みしていいはずがないのだ。

「さあ、勝負ね。あんたらの嘆きとあたし達秋津の想い。どっちが強いか、どっちが上かじゃなくて、どんだけ譲れないかをここで確かめ合おうよ」

萌の挑発に舐められていると感じたのか、鬼どもは猛り狂う。

小娘風情が。我らを虐《しいた》げ、居場所を奪ってきた人間が。どの面下げてそんなことをほざくのか。不満などでは生温い。腹の底から絞り出す叫びは悲痛で、積憤よりも慟哭《どうこく》を思わせた。

『マガツメは、我らの希望なのだ。人の世を覆す、唯一の……！』

斬り伏せても止まらない。止められない。ここで足踏みできるのなら、そもそも彼等は鬼ではない。心のままに拳を振るい、その果てが死だとしても構わない。本当はそうやって生きたかった。早すぎる時代の流れに取り残されてしまったけれど。己がために在り続けることこそ鬼の性《さが》。ただ感情のままに生き、為すべきを為すと決めたならそのために死ぬ。できるなら、そういう在り方が許される今であって欲しかった。

『滅びなど望んではおらぬ。我らはただ、我らが認められる今を欲しただけだ！　何故人だけが蔓延《はびこ》る。我らは、存在すら認められぬ』

「なんで、だろうね。あたしも、よく分かんないや」

鬼も退魔も、現代では創作上の存在。なんなら笑いのタネでしかなく、少女に返せる答えは何もない。振るわれる暴虐と共に絞り出される感情。その一つ一つが、萌の胸に突き刺さる。鬼達の気持ちを分かるとは言ってやれない。しかし彼女ら退魔もまた、同じ嘆きを抱えてきた。

「ごめんね、なんて言えない。謝らない。でも、あたしだってここは引けないっ！」

譲れない。いつか彼がマガツメと戦う時、隣に立つのは秋津染吾郎だと約束した。それを違えることはできない。辛辣な言葉が突き刺さっても、この胸にはもっと大切なものが宿っている。

数多の鬼を前にして鍾馗は暴れ狂う。その猛りは人のわがままに似ている。現代に生まれた少女だからこその、身勝手さだったのかもしれない。だから謝らない。許されるなんて望まない。わがままならそれを張り通す。それが報われぬ者達の嘆きを踏み越えていく彼女にできる、最大限の礼儀だろう。

「はぁ……はぁ……」

どれだけの時間が経ったか。怨嗟《えんさ》に溢れていた廊下も静かになった。鬼を打ち倒して状況は落ち着いたが、達成感は欠片《かけら》もない。むしろ心のどこかが締め付けられていた。

「お疲れ様でした、秋津の十代目」

「ひっ⁉」

気を抜いたせいか、声をかけられて軽く悲鳴を上げるくらいに驚いてしまった。

「驚かせないでよ」

「あやかしの本懐は、人をびっくりさせることですよ」

敵の前で醜態《しゅうたい》を晒したのが恥ずかしく、憮然《ぶぜん》とした表情を作る。突然現れた向日葵は、くすくすと無邪気に笑っていた。

やりにくいと萌は思う。この鬼は目が赤い以外は人と変わらない容姿を持ち、理性的で甚夜を慕っているため悪辣《あくらつ》な真似もしない。当たりも柔らかく、接している分には不快感はない。そういう相手なのに、彼女は間違いなくマガツメの、現世を滅ぼそうとする鬼神の眷属だ。親しみ易く当人にはその力がないが、人に害なす悪鬼。複雑な立ち位置の向日葵にどういった態度で接すればいいのか、萌は今一つ決めかねていた。

「ってか、ここにいるって、後から駆け付けたってわけじゃないっぽいよね？」

「はい。待ち構えさせていただきました」

鬼達を校舎に誘導したのは、そこが萌にとって優位だから。適度に身を隠せるし、鈴蘭を相手にする際も鞭のようにしなる白い腕の動きを制限できる。さらに言えば、こちらが不利に陥った時のことを考えると、甚夜の集中を切らさないためにも戦う場所は離れていた方がいい。必死に考えて、この場へ臨んだ。なのに向日葵が既にいて、その傍らで鈴蘭が態勢を整えている。

「なに？　最初っから読んでた、みたいな？」

「いいえ。〝邪魔をするものは私が〟。狙いが同じなら、行き先が同じでも自然かと」

萌はこの夜の戦いを総力戦と表現したが、実際は微妙に異なる。正確に言えば、マガツメにとっては願いを叶えるための総力戦であるが向日葵にとっては違う。彼女にとって、この戦いは甚夜とマガツメの我の張り合い、勝った方が意を通す。であれば他事は全て邪魔だ。その意味で向日葵は心情的には萌と敵対しておらず、志を同じくしているといってもいい。狙いは一つ、横槍を排除して結末を母と甚夜に委ねること。萌が鈴蘭を校舎へと叩き込んだのは、向日葵にしてみても好都合だったのだろう。

「ですから、どうでしょう？　全てが終わるまで、睨《にら》み合いを続けるというのは。どのみちここでの趨勢《すうせい》は勝敗に直結しません。結末を決められるのは、あくまで母とおじさまだけですから」

ここで勝っても甚夜が負ければおしまい。かといって助力は彼自身が認めない。

向日葵の発言は正しい。萌にできるのは、横槍の排除まで。鈴蘭と戦う必要性自体はあまりないのだ。

「害意のない鬼は討たぬが秋津の信条。あたしとしては結構悪くないんだけどね、そのアイデア」

「ありがとうございます。では、合意ということで？」

「んー、でもちょっと微妙」

萌は迷った。甚夜の勝利を信じるなら、その提案は決して悪くはない。向日葵は母を大切にしているが、嘘偽りなく伯父のことも慕っている。こちらの有利に尽力はしないだろうが、不利のために搦め手を使う真似もしないとは思う。だが、完全に信用もしきれなかった。

「ってかさ、別にあんたはあたし……っていうか人間のことなんてどうでもいいでしょ？　生きてようが死んでようが」

「そこまで冷たくもないですよ、私。人のお友達だっていますし。それに、おじさまが悲しむこともあまりしたくありません。もちろん母の願いであれば止むなく、という状況はありますが」

マガツメの命令がない限りは、自己の判断で甚夜のために動く。それが彼女のスタンスだ。妙な理屈をこねられるよりも分かりやすいし、その分納得もできる。

「そんじゃ、鈴蘭も？」

「はい。あれは母の命令でしたが、その範疇《はんちゅう》でできる最良を選んだつもりです。限りある素材を使ってしまいましたけど」

偽者の件も聡くない萌ではその全容を把握できないが、向日葵なりにベターを目指した結果だという。しかし、その言い回しが引っかかった。

「待って、限りある素材ってどういうこと？」

「そのままの意味ですよ。鈴蘭は記録した人間の複製を作る。でも、さすがに〝原料〟がなければ作れません」

「それって」

「秋津さんも見たでしょう？」

ほんの少しの憐憫《れんびん》を感じさせる微笑みに、想像が間違っていないのだと思い知らされた。向日葵、鈴蘭と遭遇したのは廃れたボウリング場の二階。そこはなぜか外観とは違って真新しい内装をしており、赤子が放置されていた。

おそらくあの現象はマガツメの異能、〈まほろば〉が引き起こした。時間を逆行させられて、赤子にまで戻ってしまった一般人だ。今の今までは、赤ん坊が放置されていたのだと考えていた。

もしもそうではなく、あれが鈴蘭の異能を試す際に必要な準備だったとしたら。

「人間の原料は、人間です」

鈴蘭の異能は「赤子を原料に記録した人間の複製を作る」こと。それを知った萌は、おそらく甚夜もまだ辿り着いていない結末を完全に理解した。

「現世を滅ぼすっていうのは、〈まほろば〉でみんなまとめて赤ん坊に戻しちゃうこと。ボウリング場の二階が新規オープンみたいに綺麗だったのは、場所にも効果が及ぶから。だったらマガツメは、比喩じゃなく過去を取り戻せる。鈴蘭の出番は、そのあと。できた赤ん坊を使って、自分に都合のいい人間の複製だけを作り上げる。そうやってマガツメにとって幸せな、百七十年前の葛野を再現する……」

「はい。それが母の願い、そして鈴蘭に与えられた最後の役割。マガツメの娘はみな必要ないから捨てられた。その中で、長女の私と最後に生まれた鈴蘭だけは特別。私達は最後の最後に、母の想いを形にするために産み落とされたのです」

そう語る向日葵の表情は、夏の花の晴れやかさとは程遠い。今にも枯れてしまいそうなくらい寂しそうな瞳をしていた。彼女は犠牲を容認しているのではない。娘たちは本質的にはマガツメと同じものだから母の願いを否定できない。愛する人と崇めるべきもののために咲き、自分の心を置き去りに枯れていく。向日葵とは、そういう花だ。

「だとしても、母が勝たなければ机上の空論。結局は何も変わりません」

「そうね。でもごめん、前言撤回するわ。さっきのアイデア全否定。鈴蘭は生かしておけないし、あんたの横っ面もぶん殴る」

　萌は鍾馗の短剣を突き付けて静かに目を細め、悠々と立つ鬼女を睨み付ける。予想していたのか、向日葵の穏やかな態度が崩れることはない。

「人を素材に人を産む。あまり気分はよくないかもしれませんが、どちらにせよ母が敗北すればそういうことはしなくなりますよ」

「かもね。戦う意味がないってのも賛成。でもさ、鈴蘭を生かしておいたら、私より頭のいい甚やみやかは絶対答えに辿り着く。だからダメ。この話は誰にも知らせない。これ以上、あたしの大好きな人たちを傷つけさせない」

　鈴蘭はみやかや萌の偽者を、人間を原料にして作った。その理由は甚夜を幸せにするため。たとえマガツメをどうにかできても、後でそんな事実が出てきたら絶対に傷つく。彼はそのくらい不器用な男で、みやかもそういう優しい女の子だ。

　だから、鈴蘭はここで片付ける。真実を知るのは自分だけでいい。

「それにさぁ、個人的にもなんかムカつく」

　許せないのは、人を喰らって人を産むことではない。人間だって豚や牛を食べているではないかと言われたら、返せる答えは何もない。それよりも、平然と誰かを犠牲にして幸せな場所に帰りたいと語る奴が腹立たしいのだ。

　彼は心ならずも数多を犠牲にして、迷い涙し、それでも歯を食い縛って歩いてきた。多くのものを失って、それでも小さな幸せを必死に守ってきた。なのに元凶であるはずの鬼神が、子供みたく無責任にのほほんと夢みたいなことをほざく。退魔の名跡としてではなく、甚夜の友人としてではなく。一個人としてマガツメは不愉快だ。

「まあ、だから八つ当たりで悪いけど、黙って睨み合いで終わらせられそうもないや。あんたらは、ここでぶちのめす」

鈴蘭はマガツメの計画の要《かなめ》。ここで討ち取れば、二度と再起は叶わない。ならば大勢には影響しなくとも、勝敗にまるで意味がないということもない。

萌は怒りを飲み込み、ゆっくりと鍾馗の短剣を構えた。

いくらムカついたからといって、それに身を任せるのは駄目だ。確実にとる。

誰もいない夜の校舎、薄暗い廊下。本筋とはなんら関係なく、勝ったところでどうということもない。ありあまる無駄で構成された戦いに、桃恵萌は当たり前のように身を投じた。

3

『おとうさん、なんで鬼さんばっかりつらい目にあうの？　がんばってるのに、なんでみんなひどいことするの？』

桃恵萌は幼い頃、一匹の鬼の話をよく父親から聞かされた。ワクワクするようなアクションではあったけど、同じくらい悲しくて感情移入しすぎて泣いてしまったことをよく覚えている。

——ひとりはさみしいよ。

小さな子供の抱いたシンプルな感想こそが、彼女の原初の風景だ。

萌が秋津染吾郎を継いだ一番の理由は、きっとあの時感じたやるせなさにあった。

「ああ、もう。あたしもけっこう面倒臭いヤツだわ」

二匹の鬼の不合理な戦いに呆れはしたし、今も賛同はできない。一番の目的は、マガツメとの決着。幼い頃から彼の歩みを聞かされて育ったからこそ、意地のために命を張るなんて納得し切れなかった。

しかし、萌も似たような選択をした。鬼達は生涯をかけた剣のために無用な斬り合いに興じ、彼女は大切な友達が傷つかないよう無意味な戦いに挑もうとしている。少しは成長できた気になっていたが、結局は馬鹿なままだったらしい。

す。

「おいでやす、鍾馗様」

けれど我を張ると決めた。鈴蘭に挑む理由は、ただそれだけ。萌は駆け出し、鍾馗の短剣を翳《かざ》
『……ギ』

目がない鼻がない口がない。感覚器がほとんどないのに、鈴蘭は反応を見せた。どうやってかは分からないが、確かにあの鬼は周囲の状況を把握している。

鈴蘭にとって、立ちはだかる者は母の願いを邪魔する外敵に過ぎない。故に、容赦は欠片もない。先程見せた鍾馗の威力を警戒しているのだろう。隙間なく振るわれる白い腕。前方は鈴蘭の攻撃で埋め尽くされ、咄嗟に萌は廊下を蹴って教室の窓へと飛び込んだ。

自我がないのに、考える頭はある。鈴蘭は大雑把ではあるが、ちゃんと状況に合わせた対応がとれるのだ。ならば逃げて隠れて機会を窺う、というのは楽観が過ぎる。あの鬼に思考があるのなら、次の手は間を置かない。

その想像通り、ガラスの割れるけたたましい音を響かせていくつかの影が教室に侵入してきた。既に萌は短剣を構え、左手には携帯。相手が何を仕掛けてこようと真っ向から迎え撃つ。

「ってタチ悪っ！」

準備は万端のつもりでいたが、驚愕に思い切り叫んでしまう。教室に入ってきた影の造形が、差し込む赤い月の光に照らし出されて見えてしまったからだ。

人の複製を作るのが鈴蘭の業ならば、これくらいはできて当然か。影は計四体、みな戻川高校

の制服を着ている。姫川みやか、梓屋薫、吉岡麻衣、根来音久美子。追撃は全て萌の友人、その複製だ。甚夜の話では、作られたばかりの複製は裸だったはず。もしかすると異能が成長しているのか。なんにせよ性質《たち》が悪いことには変わりない。

「あ、れ……萌？」

戸惑うみやかの振る舞いは、萌の知る友人のそれとなんら変わらない。今の今、産み出されたのだ。彼女が偽者であると十分に理解しており、にもかかわらず勘違いしてしまいそうになるほどだ。あまりに普段通り過ぎる空気が、萌の動きを一瞬止めた。

それが決定的な隙となる。

「ご、ふぅ……!?」

みやかの体を貫いた白い腕は、血に塗れて赤く染まり、そのまま萌の腹部に突き刺さった。福良雀《ふくらすずめ》の付喪神、能力は防御力の向上。仕込みが効いたおかげで致命傷にはならなかったが、重い痛みが腹に残る。距離を空けて、とにかく体勢を整える。足を動かそうとしたが、それもままならない。

「あ、う」

「…ああ……」

今度は薫に麻衣、久美子が足にまとわりついて動きを阻害する。みやかの時とは違う。胡乱《うろん》とした目には、彼女達の意思は感じられない。間髪入れず鈴蘭が教室に踏み込んできた。

萌の表情が強張る。

机や椅子を壊しながら繰り出される触腕。飛び退くのは無理。鍾馗で一撃、二撃三撃と凌いでも、まだ終わらない。ずきり、太腿に少女らの爪が食い込む。それだけの力でしがみ付かれている。振り払おうとしても、それより早く届く鈴蘭の猛攻が繰り出される。

萌の身体能力は人知を超えたものではなく、普通に鍛えた少女程度だ。一気に振り払うことはできず、そもそもそちらに意識を割く暇がない。かといって、このまま受けに回っていてもジリ貧だろう。

ならば、もっと手早く偽者を叩き潰してひとまず退く？

偽者とはいえ、親しい友達に手をかける？

ああ、違う。それは桃恵萌の信じる〝正しい〟ではない。

そうするくらいならば無茶をする。

「にっ、ぎ、ぐぅ……ぁあ！」

少女らしからぬ雄叫びを上げながら白い腕を防ぐ。突きはいけない、振り下ろしも。頭に四肢、壊れやすい部分を狙う触腕も同じ。攻撃に優先順位をつけて的確に捌《さば》き、けれど彼女は徐々に追い込まれていく。

ぐぉん、と空気が唸った。ひと際力の籠った、胴体を狙った薙ぎ払い。体勢が崩れた一瞬を狙った一撃、まさに絶好のタイミングだった。それは鈴蘭にとってだけでなく萌にとっても。

突きは威力があり過ぎる。振り下ろしでは逃げ場がない。頭は致命傷になりかねず、四肢は細いため砕かれる可能性がある。だから胴を狙った薙ぎ払いがいい。左の脇腹へ叩き込まれる衝撃に、萌はにゃりと笑った。

いくら防御力が上がっても彼女の体は軽く、簡単に吹き飛ばされる。鈴蘭の作る複製は中も外も完璧で、作られた少女達の力はあくまでも本人に準拠する。だから人外の威力で吹き飛ばされた萌に、しがみついていられるはずもない。振り払おうとしなくても自然に手は離れた。

「あ、はは。おっけ、これで仕切り直しぃ……」

百七十年戦い続けた鬼や時代遅れの人斬りなら、もっとそつなく対処できただろう。けれど彼女には、これが限界。偽者の友人を手にかける頭の良さよりは、自らダメージを食らう馬鹿の方がいくらかマシ、そういう判断だった。

目論見《もくろみ》通りとはいえ痛手は痛手、足元がふらつく。それを好機と判断した鈴蘭がさらに追撃、虚ろな目のままの薫達を巻き込んで白い腕で殴りかかってきた。

少女達の体が弾け、飛び散る体液が目くらましになった。もしくは無残な光景が萌の心を凍らせたのかもしれない。目の前以上に頭の中が赤く染まり、反応が遅れた。鍾馗の短剣で迎撃するも、いくつかは打ち漏らした。痛みを感じない。怒りに沸騰した萌には、その余裕がなかった。

「あんた、ほんとムカつく!」

偽者であれ友人の死なんて見たくなかった。だから、あえてダメージと引き換えに振り払った。なのに鈴蘭は気軽に惨殺する。自我がないなんて嘘で、こちらの反応を楽しんでいるのではないかと疑ってしまうほどの悪辣さだ。

ねこがみさま。ファンシーな動きで飛び跳ねる付喪神が鈴蘭へと向かう。萌は付喪神で牽制《けんせい》しつつ距離を詰める。あの腹立たしい鬼に、一発叩き込まないと気が済まない。

反応した鈴蘭が蠢《うごめ》く。身震いした無貌の鬼は、体表から粘度の高い水のようなものを吐き出した。ぐちゃり、ぎしり。気色の悪い音を立てて粘液は次第に盛り上がりながら形を作り、完全な人型となった。

「あのさぁ、別に誰が相手でも遠慮するわけじゃないから！」

萌は一切の躊躇なく鍾馗で斬りかかる。現れたのは友人達ではない、見たこともない老年の男性だ。先程もそうだが、ちゃんと衣服を着ている。狩衣《かりぎぬ》だったか。歴史の資料集にでも出てきそうな古臭い装いだ。

鈴蘭はマガツメの一部、母の知る人間の複製ならば作れる。向日葵はマガツメの一部、母の目。彼女の見るものは同じく母も見ている。つまりこの老人は、マガツメか向日葵のどちらかが、かつて関わりをもった人物なのだ。

ただ、向こうの認識がどうあれ、萌が攻撃を止める理由にはならない。

「は。まあ、お師匠ならこう言うやろな」

自我はあっても状況が理解できていないのか、老人は萌の姿を視認しながらもどこかのんびりとしている。その態度はあまりに場違いだが、多少の罪悪感はあっても偽者と分かっている以上手加減はしない。一気に攻め、それを老翁は平然と笑う。

「老いぼれ舐めんな、小娘」

ぞくりと背筋に冷たいものが走る。なにかヤバイ。力を抜いた老人の態度にそれを察する。

けれど止まれず、予感は的中した。鍾馗の一撃を見切ったのか、それとも最初から知っていたのか。迷いなく老翁は右足を滑らせて踏み込み、轟音と共に放たれた鍾馗の剣をやり過ごすと彼女の懐へと潜り込んだ。そしてそのまま繰り出される、左肩からぶつかる全霊の当て身。どこかの誰かが得意とする、萌にも見覚えがある体術だ。

「あぅ……⁉」

胃液が逆流する。やせ細った男の体だというのに、腹へ突き刺さる衝撃は尋常ではない。

「で、〝しゃれこうべ〟改め、〝狂骨〟……ん？　念珠《ねんじゅ》がない？」

さらに追い打ち、手を翳すも次の一手は来ない。何故ここで手を緩めるのか萌には分からなかったが、疑問は追撃を放てなかった本人の方が強そうだ。偽者という認識がないのだろう。自身の腕に念珠がないことを確認した老翁、四代目秋津染吾郎は小首を傾げている。

無防備な腹にカウンターが決まった形だ、萌の意識を刈り取るには十分すぎた。

少女は膝から崩れ落ち、彼の正体に気付くより早く世界が暗転した。

すごく痛い。体が重い。制服が肌にまとわりついて気持ち悪い。

意識を飛ばした萌は、苦しみながら遠くに子供の声を聞いていた。

悲しそうで舌っ足らずな。あれは、幼い萌自身の声だ。

なんで鬼さんばっかり辛い目に合うの、と泣いて父を困らせていた。馬鹿な子供だ。萌は、父親が聞かせてくれる「百七十年後の未来を目指す鬼のお話」に感情移入して涙を流すような少女だった。悪いことをしてないのに辛い目に合うのは間違っていて、どんな人にでも優しくするべきだし、頑張ればみんな報われる。世の中というのは基本的に「いいひと」しかいなくて、「幸せになれる」のが当たり前なのだと本気で思っていた。

だから頑張っているのに失って、一人になっても戦い続ける鬼さんの話が、その活躍にワクワクしつつも理不尽でやるせないものに感じられた。鬼さんと出会う日を夢見ていた理由は、そこにあるのだろう。秋津の四代目と離れた後も戦い続けたであろう彼に、言葉を伝えたかった。

あの時の馬鹿な子供も、今では立派かどうかは分からないが少しは大きくなった。誰もがいい人ではないし、どんなに頑張ってもどうにもならないことなんていくらでもあると、もう知っている。それでも「寂しくないよ」と。「ずっと一緒にいられなくても、辛いことばっかりなんかじゃない」と。優しくて不器用でとても弱くて誰よりも強い、泣き虫な彼にそう言ってあげたかった。

退魔の名跡に生まれたからでも、秋津の言葉を受け継いだからでもない。秋津染吾郎になったのは、まず初めに彼女自身の心があったからだ。望んだのは、ずっと頑張ってきた鬼さんの頭を優しく撫でてあげられるような自分。萌は子供の頃に正しいと信じたものを、疑いなく正しいと言える大人になりたかったのだ。

結局、今も昔も桃恵萌は面倒臭くて馬鹿な子供で、意味もないのに鈴蘭に挑めたのはあの頃のままの自分でいられた証拠だ。それが少しだけ嬉しい。なら立ち上がらないと。馬鹿は馬鹿なりに通せる意地もあるはずだ。

いったいどれくらい気を失っていたのか、地に伏した萌は教室の床の冷たさに目を覚ます。

ずきり。全身に走る痛みを無視して、弾かれたように立ち上がって退く。相当の痛手を受けたが、まだ戦える。すぐさま体勢を立て直すと、老翁が「ほぉ」と感心したように短く息を漏らした。

「なんや、意外と根性あるなぁ」

特に構えるでもなく萌を眺めている彼は、余裕綽々《しゃくしゃく》といった態度である。油断でも慢心でもない。見た目には単なる老人だが、鍾馗の一撃を完全に見切って躱《かわ》してみせた男だ。実力に裏打ちされた振る舞いは、傲慢よりも泰然と表現するのが相応《ふさわ》しい。

「いったぁ……女の子のお腹、なんだと思ってんのよ」

「は？　感心した矢先それかい。女理由に甘やかして欲しいんやったら、そもそも出てこんとって」

軽口のつもりが、相手の反応は予想以上に過敏だ。不快そうに目を吊り上げ、老翁は語調も荒く吐き捨てる。

「そない軽い覚悟で背負ってええもんちゃうぞ、鍾馗の短剣は」

それはまるで、大切なものを汚されたかのような純然たる怒りだった。辛辣であるが故に、彼の想いの深さを感じさせる。その理由に萌は思い至らない。単純にそこまで頭が回らないというのもあるし、何より状況が逼迫《ひっぱく》していた。

「っ⁉」

鈴蘭は空気を読まない。会話の途中でも容赦なく横槍を入れてくる。鞭の数撃、それらをすんでのところで捌くが、息をつく暇もない。意識が削がれた一瞬をものにし、老翁が急速に間合いを詰める。鍾馗の短剣を振るってそれに応じ、ようとして萌は動きを止められた。

「鍾馗は強い。ほんでも扱うお前さんが拙《つたな》いなら、止めようはいくらでもあんで」

特に力を入れたわけでもない。短剣を振るうより早く、彼は最短距離で肘を殴打した。たったそれだけで、電気が走ったような痺れに全身が硬直する。老翁は、そのまま流れるように蹴撃へ繋げる。防御しても骨が軋《きし》む。老人とは思えない体術、細い体からは想像もつかない重さだ。

「鍾馗は単純な威力では最強やけど、挙動は使い手が使役してこそ。止めるんなら距離を詰めて、使い手の動き自体を阻害すんのが一番てっとり早い」

ねこがみさまや犬神などの付喪神は大雑把な命令さえ下せばオートで動くが、鍾馗はそうではない。射程距離は精々《せいぜい》2~3メートル。扱うためには短剣を手放せず、それを振るい翳すことでその動きをコントロールする。彼の指摘は正しい。使い手をどうにかすれば、その力は半減どころの話ではない。

「目潰しで視界を奪う、でかい音たてて耳を塞がせる。焚火《たきび》で室温上げたり、冬に水ぶっかけりゃそれだけで動きは鈍る。香に混ぜて痺れ薬でも焚きゃ一発やし、腕を斬り落とすってのもありやな。女やったら服破るだけでもそこそこ効果はあんで？　敵がまっとうな手段で仕掛けてくるなんて考えること自体、舐めとる証拠や」

老獪とでもいうのか、よくぞそこまで汚らしい手が浮かぶものだ。萌はぶんぶんと首を横に振いのだろう。

る。あの老人に言わせれば、それを汚いと考えること自体が鍾馗の短剣を背負うに相応しくないのだろう。

返ってくる暴言までありありと想像できたから、萌は口を噤《つぐ》んだ。反論は実力で。そういう意地っ張り具合が伝わったのか、老人は面白そうに口の端を吊り上げていた。

「ほんで、どうする小娘？　尻尾巻いて逃げんなら、それもええけど？」

老人は鈴蘭と連携して萌を攻め立てる。正確に言えば、暴れまわる鈴蘭のフォローをしている、だろうか。

なぜ、ああまで動けるのか。疑問は尽きず、しかし今はどうでもいい。彼は逃げるかと問うた。未熟は承知の上だが、舐められたまま黙ってはいられない。

「冗談っ！　ボケが始まってるの、おじいちゃん？」

「おうおう、元気ええなぁ。気が強いんは結構やけど、状況考えて物言うた方がええんちゃう？」

「じゅーぶん考えてるっての！」

「考えとる、なぁ。なんや、ここで踏ん張ればあいつが助けに来てくれる、とかか？」

鈴蘭の鞭は縦横無尽に、老人の殴打は的確に萌を追い詰めていく。だが、逃げるなんて選択肢はない。それ以上に、助けを待つなんてあり得なかった。

「舐めんなクソジジイっ！　助けになんて来ないっての！」

「うん？　いや、んなこともないと」

「絶対に、助けに来ない。あたしが来させない！」

不思議そうな老人の言を完全に無視して、萌は声を絞り出す。

少し前、彼女は問いかけた。もしも何かあった時、自分とみやかのどちらを助けるのかと。以前も同じことを聞いたが、答えは変わらない。甚夜は「みやかを助ける」と言った。彼は、その理由もちゃんと教えてくれたのだ。

「言ったのよ、『私とて、できるなら最上の結末を望むさ』って。だから、みやかを助けるんだって」

もしも本当にそういう状況で、どちらかを選ばなければならなかった時、甚夜だけではきっと二人とも助けることはできない。今までだってそうだった。全てを救うなどと自惚れられない。

だが、萌がいるのなら可能性はある。みやかを助ける、その上で萌にも手を伸ばそう。それでも力及ばず、最悪の結末を迎えるというのならば。

『その時には、君が私を助けてくれ』

そうすれば、三人が無事助かることもあるかもしれない。

「一人じゃ無理でも、あたしがいればみんな助かるかもって。あたしは守る価値がないんじゃない、守らなくてもいいって信じられるんだって、そう言った」

頼んだぞ、親友——と彼は言ってくれた。

秋津染吾郎は、百年を経て葛野甚夜にとってそういう存在になれた。守ろうとして散々失ってきた彼が、守らなくても傍にいてくれると。まだまだ未熟な小娘に、それだけの信頼を託してくれた。

「助けは来ない。秋津染吾郎が受け継いできた想い、あたしの信じる正しさ、親友と呼んでくれた彼の心にかけて助けになんて来させせない！」

命の懸けどころくらいは弁《わきま》えている。

今がその時だ。鈴蘭を、人の矜持《きょうじ》を踏み躙《にじ》るこのくそ爺ごとぶちのめす。

白い腕をいなして走る。奇は衒《てら》わない。自身の想いを貫くようにまっすぐだ。

距離が近づく。老翁は相変わらず微塵も動揺せず、泰然と構えている。老獪な手練れではあるが、彼自身に特別な力はない。今まで後れを取っていた理由は、鍾馗の力不足ではなく彼女自身の練度の低さのせい。それをこの場で覆すなど不可能に近い。

「その意気や、よし。ほんでも、心がけ一つで勝てるもんやない」

化かし合いでは分が悪過ぎる。そもそも出し抜く手など思い付かない。萌にできることなどいくつもない。だったら、できる一つに傾ける。選んだのは、突進からの刺突。あの老人も鈴蘭もまとめて葬る。大きな振りでは隙になる。細かな狙いをつける暇もない。最短距離を全力疾走、全身全霊でぶつかるだけだ。

「は」

短く零れた吐息は、愚弄か感嘆か。分からないしどうでもいい。余計な思考はいらない。襲い来る鞭の腕さえ、今は意識の外へ追いやる。皮膚が裂けて血が舞って痛みに身が軋んでも、立ち止まらない。

真っ向勝負。後のことなど考えるな。この一瞬にのみ全てを一太刀に注ぎ込む。

「はん、やるなぁ。さすが秋津の名を継ぐ者。ええもん見せてもろたわ」

老獪な戦術を見せつけた男は、致命傷を食らってもやけにあっさりとしている。風穴どころか左半身を丸ごと吹き飛ばされているが、彼は満足そうだ。まるで大切なものを見つけたような、己が生涯を誇るような笑みだった。

だが、萌はまだ止まらない。勢いを殺さず、そのまま鈴蘭へ向かう。降り注ぐ鞭の腕は一撃一撃が必殺。暴威に自ら飛び込み、ねこがみさま、付喪神を盾に無理矢理こじ開ける。

「悪いね、鈴蘭。あんたには、いてもらったら困る」

短剣を振りぬけば、連動して髭面の大鬼の刃は翻る。視認すら難しい速度で振るわれた剣だ。通り過ぎた後には何もない。鈴蘭の上半身は、斬られたのではなく消し飛んでいた。特殊な力ではない。ごく単純な強さ。それこそ鍾馗の全てである。

一拍遅れて鈴蘭はその場に崩れ落ち、白い蒸気が立ち昇る。断末魔さえ上がらない。

萌は命の懸けどころを見誤らずものにした。

満身創痍《まんしんそうい》、けれど確かに彼女の勝利だった。


「……うまくいってよかったぁ」

老翁は溶けて粘液へ戻り、鈴蘭の死骸は完全に消え去った。それを確認して気が抜けたのもあり、ほへぇと緊張感のない溜息を吐く。

今持てる全力の結果ではあるが、結構な綱渡りだった。渡り切った後でも冷や冷やする。もう一度同じことをやれと言われても絶対にできないだろう。なにせ、あの瞬間は今までにないほどの力に満ちていた。まるで誰かが力を貸してくれたような、そんな気さえする。そう、誰か優しい人が背中を押してくれたような。

「ね、鍾馗。あなたが、力を貸してくれた？」

手にした短剣へ語り掛ける。勿論《もちろん》言葉が返ってくることはない。

『ちゃうよ。君が、想いを継いでくれたんや』

なのに幻聴が聞こえてくる。誰のものとも知れない懐かしい声に胸が温かくなった。力を貸してくれたのは、紡いできた想いだったのかもしれない。理屈のない思い付きがやけにしっくりときて、自然と彼女は微笑んだ。

そこで糸が切れた萌は片膝をつく。少し無理をし過ぎた。体を休めないと動くこともできそうにない。

「秋津さん、お見事でした。鬼とは違う強さ。人は不思議です。弱く脆《もろ》いのに、儚《はかな》く容易く消えてしまうのに、時に条理さえ覆す」

彼女の前に立つ向日葵が、皮肉でもなんでもなく純粋な賞賛を贈る。警戒心を強めるがすぐには構えられず、それでも重い体でどうにか立ち上がった。

「秋津の三代目は、おじさまのために命を懸けた。大正の頃に出会ったキネマ館の少年は、なんの力もないのに意地だけで南雲の当主へ立ち向かった。華族の娘は、年老いても思い出の場所を守り続けている。そして今、貴女《あなた》は己が在り方をここに貫き通した。百年も経てば消える命が、どうしてこうも強いのか、長くを生きる鬼ではきっと理解できないのでしょうね」

向日葵は眩しさを堪《こら》えるように、そっと目を細めた。

「お褒めいただき、どうも。次はあんた?」

「そんなに警戒しなくても大丈夫ですよ。鈴蘭がいない今、私に戦う手段はありません。どうします? 私のことも葬りますか?」

抵抗せず逃げようともしない。マガツメの長女は、言ってみれば悪の四天王の筆頭だ。討てるなら討つに越したことはない。

「あー、やめとく」

けれど萌はそうせず、敵意がないと示すようにごろんと床へ寝転んだ。

鈴蘭は赤子を喰らい、代わりに人の複製を生み出す。放置するには危険だし、明確な自我がないので相手をするのは気持ち的に楽だった。けれど向日葵は単体では危険がなく、甚夜とも親しい。できれば命までは奪いたくない。勿論ムカついてはいるので横っ面をひっぱたくくらいはしたいが、今の体力ではそれも厳しかった。

「いいのですか?」

「甚が勝ったら、改めてあんたにもお仕置きするから別にいい」

どうせマガツメの願いは叶わない、勝つのは甚夜だと疑っていない。鈴蘭はともかく、戦闘能力のない向日葵を生かすデメリットはそんなにないはずだ。

「それに、あんたにも役目があるんなら、今は死にたくないでしょ?」

「えっ？」

「だからさ、鈴蘭の最後の役目がマガツメの勝った後の話なら、あんたの最後の役目は甚が勝った後の話じゃないの？　だったらあんまり危険でもなさそうだし、むしろ甚のためになりそうな感じ？」

向日葵が驚いている。思い付きを口にしただけだが、どうやら核心を突いていたらしい。

「実は秋津さんって、すごい人なんですね。他の可能性も沢山あるのに、それを考えずピンポイントで正解を射抜くのは、ちょっとした才能です」

「それ、褒めてないでしょ」

むっとして睨むが、向日葵はにこにこと楽しそうにしている。

「貴女の言う通りです。私の役目は最後の最後、おじさまが勝った時に。どう転がるかは分かりませんが、結末をここで待ちましょう」

「そうしてくれると助かるわ」

教室からは、赤い月がよく見える。

おそらく今頃、校庭では苛烈《かれつ》な戦いが繰り広げられていることだろう。けれど助けにはいかない。彼が信じてくれたように、彼女もまた彼の勝利を信じる。

為すべきは為した。後は待てばいい。

当たり前のように訪れる、彼の望む最上の結末を。

4

かつて〈遠見〉の鬼は予言した。

いずれあやかしは昔話の中だけで語られる存在になるのだと。

彼女の視《み》た未来は、ここにある。平成の世において、かつて跋扈《ばっこ》した魍魎《もうりょう》は既に架空のキャラクターだった。皆が知りながら誰も信じない。そういうものになってしまった。

それを嘆きながらも彼等が動かなかったのは、不満を撒き散らしても意味がないと知っているから。重火器の進化、警察などの治安維持組織、メディアの発展。下手を打てば討伐されるし、よしんば生き長らえても住処《すみか》はなくなる。かつては退魔しか太刀打ちできなかった。だが現代においては、彼等がどれだけ化け物じみていようとも、人間が組織的に動けば何の問題もなく対処できてしまう。半端な個の強さでは群の流れに押し流される。多くの鬼は現実を思い知り、抵抗することなく街の片隅へ追いやられていった。

結局は、人も鬼も変わらない。居心地のよくない場所だとしても、とりあえずの命が保障され飢えを凌げるのであれば、何もしない者達の方がはるかに多いのだ。

だから校庭に集まった鬼どものほとんどは、初めから加勢も邪魔立てもする気はない。時代に流され、街の片隅に追いやられた彼らは、現状を変えるために動こうとはしてこなかった。今までがそうだったのだ、これからもきっとそうだろう。けれど存在を認められない現代が怪異達には息苦しくて、マガツメに一縷《いちる》の希望を託した。鬼達は傍観に徹する。苛烈を極める戦いの結末、その先に訪れる未来を待っている。

甚夜は待つだけの鬼どもに若干の引っ掛かりを覚えたが、正直なところ現状ではありがたかった。周囲の鬼どもを相手取りながらマガツメに対処するのは、無理があり過ぎる。

「ぬ、ぐ」

マガツメの〈地縛〉は、鎖でなく暴れ狂う大百足。彼女の憎しみは害虫となって甚夜へ襲い掛かる。拘束するための異能のはずが、桁外れの威力を誇る。躱した百足は校舎を砕き、叩きつければ校庭が陥没した。

しかし、その威力さえも余技。〈地縛〉の本質は能力や行動を縛ること。まぐれ当たりさえ許されない。マガツメの動きを目で判断していては遅い。視るのは今ではなく、その先。奴の動きの行く末を想定し、覗き見る五秒後の未来を標《しるべ》とする。

「……大丈夫だ、視えているよ」

知らず手は右の瞼に、こころの想いにそっと触れる。零れた呟きは懐かしい響きをしていた。〈地縛〉が左から、次は後ろの地面を砕きながら背後に一撃。止まらず、挟み撃ちの形で異形の腕が突き出される。

大丈夫、視えている。今もその先も、ちゃんとこの目に。

夜来で左の百足を弾き、振り返らず背後に一閃《いっせん》した。体を屈めて踏み出し、異形の腕の下に潜り込む。刀の腹を添えて右足で踏ん張り、そのままマガツメの腕を下から掬い上げた。

さらに〈疾駆〉で距離を詰めようとしたが、そこまでは許してもらえない。前傾になって駆けようとした矢先、顔面に放たれる幾体もの大百足。それも視えている。全て叩き落としたが、好機はそこで潰されてしまった。

『抵抗しないで…怖く、ないよ……』

途切れ途切れだが優しい語り口、なのに形相は憎悪に歪む。支離滅裂な言動は、彼女の中では整然としている。マガツメにとって心を注ぐ相手は〝にいちゃん〟しかいない。彼女が最も愛するのは兄であり、最も憎むのもまた兄。他のものに興味がなく、愛憎の全ては甚夜にのみ向けられる。マガツメの世界は、そこで完結している。彼女は兄の幸せのためなら、道にある小石をどける程度の気持ちで世界を滅ぼしてしまえる。たとえ兄が、それを望まないとしても関係ない。鈴音は遠い葛野で過ごした日々以外に、幸福を知らないのだ。

『だから、邪魔をするなぁ……！』

相反する感情を撒き散らしながらの強襲、マガツメは息を呑む間も与えない。伸ばされた左腕は害虫ではなく、細くしなやかな女のそれだ。ただし込められた力は尋常ではない。触れられたらそこで終わり、ひと握りで頭蓋を砕かれる。

腰を落とす。左足でしっかりと地を噛む。加減する気もその余裕もない。突進に合わせて鳩尾《みぞおち》に蹴りを叩き込む。ぐにゃり、足に伝わる奇妙な感触。鍛え上げた硬さではなく、かといって軟らかいだけでもない。弾力があって壊れない、まるで分厚いゴムだ。衝撃が上手く通らなかったのかマガツメは平然としており、それどころか即座に反撃へと移る。

反射で退いても、大百足の牙が四方八方から襲いくる。一つ一つは脅威ではない。躱し、薙ぎ払い、弾き返し。けれど、その度に逃げ場が塞がっていく。倒すのではなく追い詰めるための連携だ。戦闘経験が少ない割にそういう手を打てるのは、修めた武ではなく捕食者としての勘だろう。

暴れる百足は布石だと分かっている。だとしても縛られれば大幅に能力が制限される以上、そちらに意識を割かなくてはいけない。それを相手もよく理解している。足を搦めとろうと這い寄る百足を躱し、横薙ぎでまとめて斬ったその瞬間を狙ってきた。

「ぐっ」

巨大な害虫の右腕が振るわれる。避けられないなら迎え撃つまで。〈剛力〉〈疾駆〉、甚夜の左腕がめきめきと音を立てる。筋肉が膨張して骨格から変形し、二回り以上巨大になった異形の腕で害虫の腕を叩き落とす。

『ぎ、ぎぃ』

全霊の拳がマガツメを怯《ひる》ませる。害虫の腕は薄汚い汁を飛び散らせ、けれど〈まほろば〉によって、できた傷は一瞬のうちに巻き戻り、そのまま再び繰り出される。

視えていた。意図も完全に読んだ。なのに間に合わない。甚夜の一手目の終わりよりも、マガツメの二手目の方が速い。次の動きを予測できても体がついていかない。寸前で腕を潜り込ませて受けに回ったが、あまりの重さに肉が、骨が、魂が軋む。皮膚が裂けて血が滴る。一撃で、しかも防いでこれだ。積み重ねた研鑽を事もなげに凌駕された。

「ははっ。まったく、ままならないな」

ごっそりと気力も削ぎ落とされるようだ。実力の差を思い知らされ、自嘲の笑みが零れる。マガツメの複眼が甚夜を見た。この窮地になぜ笑うのか、彼女には理解できていないのだろう。今に始まったことではない。兄妹だったのに、ずっと昔から互いに理解なんてできていなかった。

『なら、死ねばいい。そうすれば、ようやくあなたの幸せが』

会話も噛み合わない。間を置かずマガツメは攻め立てる。ただ一つのために、あらゆるものを切り捨ててきた。動作や心の簡素さがマガツメの強さを支えている。

「私の幸福のため、私を殺すか」

『私の異能がある、鈴蘭がいる。全部、元通りになる。憎しみもみんな、消えてなくなるの』

マガツメは、捨てることで在り方を純化させて強くなった。澄み切った愛憎は、明確な殺意となって甚夜を襲う。

「どうした。その程度では命には届かんぞ」

百七十年を共にした愛刀が、瀬戸際でそれを受け流す。激しい攻撃を凌ぎながらも口元が緩むのは、思い出す景色があるからだ。おぞましい百足どもが牙を剥き、異形の腕が蠢く。彼女が振るえば、ただの牽制さえ致死の一手に変わる。

本当に、嫌になるくらいマガツメは強い。逆に自分は弱くなった、甚夜はそう考える。あの子は道行きの途中に沢山捨ててきた。ただ一つの願いを叶えるためなら他のものなんていらないと、大切にしてきた心さえゴミのように捨てた。

甚夜には、それができなかった。けじめだのなんだのと口では立派なことを言いながら、温もりを捨てきれなくて迷い、失くすのが怖くて立ち止まり、何度も何度も失敗してきた。きっと彼は、かつてよりも遥かに弱い。けれど、その弱さこそが情けない男をここまで辿り着かせてくれたのだ。

「思えば、こうやって向かい合ったことなどほとんどなかったなぁ。巫女守《みこもり》だから鬼切役《おにきりやく》だからと、いつも留守番をさせていたような気がする」

仕損じれば命を落とす熾烈《しれつ》な殺し合いの最中なのに、懐かしい日々が口を突いて出る。脳裏に過るのは、幼い鈴音の姿だ。無邪気に兄を慕ういい子だったが、同時に気を回しすぎるきらいがあった。甚太が白雪と少しでも一緒にいられるよう、鈴音は子供ながらに心を砕いた。

今も昔も同じ。あの子はいつだって兄の幸せをただ願っていた。未熟な甚太がそれに気付けなかっただけで、多分かつて愛した妹の心にもマガツメの狂気は宿っていたのだろう。

『うるさい、黙れ……』

「それでも大切な家族だと思っていた。なのに殺し合うしかなくなってしまった。私達は、何を間違えたのだろうな?」

『黙れ、間違えてなんかない。まだ戻れる。戻るの、あの頃に!』

防御したのに異形の腕が甚夜の体を吹き飛ばす。先程もらった一撃が響いている。踏ん張りが利かなかった。

問題はない。規格外の化生《けしょう》とやり合うのだ、無傷で済むなど端から思ってはいない。

もう少し無理をしよう。

「戻れないさ。私達は、変わり過ぎた」

吐き捨てた言葉が癪に障ったようだ。マガツメの形相が醜悪なものへと変わり、気配は禍々《まがまが》しさを増した。絹を裂くような叫びと共に暴れ狂う。ぎちぎち、ぐねぐね、節足動物特有の気色の悪い動きで〈地縛〉が迫る。こちらも〈地縛〉、鎖が百足を迎え撃つ。だが数では向こうが勝り、防ぎ切るのは不可能。それでいい、縛ろうとするものを叩き落とせれば上等。多少傷を負っても影響はない。

横から叩きつけられる異形の腕を夜来でいなし、返す刀で〈飛刃《ひじん》〉〈剛力〉。特大の斬撃を放つがマガツメは左手で握り潰す。掌に浅くない裂傷ができても瞬きの間に消える。〈まほろば〉、彼女の願いに時間は巻き戻り、傷が与えられる前に戻った。

その光景に眉をしかめる。理由はダメージのせいではなく、甚夜が濁りを大切にしてきたからだ。不器用でも無様でも、失くしたもの、負った傷も全て背負って歩いてきた。彼には、痛みを癒すのではなく傷自体を無かったことにしてしまう彼女の異能が、歪《いびつ》で悲しく思える。

「は、他者の在り方にケチを付けられるほど大層な男でもないか」

抱いてしまった余計な思考を吐き出し、再びマガツメへ意識を集中する。

他事に囚われていられる余裕はない。〈剛力〉〈疾駆〉〈御影〉、三種同時合成。規格外の化生に追い縋れているのは、無理矢理に能力を底上げしているからに過ぎない。体への負担は大きく、長引けば形勢は一気に不利へ傾く。

事実、少しずつではあるが甚夜は押されている。基礎能力を高めて相手の動きを予測し、経験に裏打ちされた技をもって挑んだ。そこまでしても追い詰められる。

『ひっ、ひひっ、あは、はぁ』

「ずっ、ぐ……⁉」

壊れた笑みを撒き散らしながら憎悪の害虫が肉を啄《ついば》む。抉られた左肩から血が噴き出す。大腿を百足が貫く。

読めているのに避けられない、戦っている土俵が違いすぎる。

異形の腕が一際大きく蠢いた。外骨格を持つ歩脚の生えた芋虫の腕は、寒気がするほどの速さで間合いを侵す。避けるのも〈不抜《ふばつ》〉も間に合わない。

「ぐ、がぁ⁉」

懐に深く突き刺さると、そのまま皮膚を破り肉が爆《は》ぜ、遅れて大量の血液が噴き出す。〈剛力〉で異形の腕を払いのけるが、傷は深い。精一杯の意地で膝はつかない。代わりに地面には血溜まりができていた。

「ちぃ……！」

返す刀、〈飛刃〉〈剛力〉で特大の斬撃を放つ。マガツメは避けない。直撃したのに傷一つ付かなかった。甚夜が弱っているからではない。単純に、向こうがこの短い時間で強くなっている。

「こいつは、少し。読み違えた、かな」

まだ変わるのか。

害虫がマガツメの皮膚を内側から食い破る。下半身は完全に変容し、彼女は四肢ではなく数多の節足で動いている。ごきりと嫌な音がした。背骨が曲がり、そこから外骨格が発達した歪な形状となってしまった。体躯《たいく》はものの数十秒で甚夜を上回り、それでも肥大化は止まらない。マガツメは、神すら追い落とす勢いで刻一刻と変わり続ける。

『にい、ちゃん』

渦巻く圧倒的な悪意を目の当たりにしながら、甚夜は恐怖より脅威より哀しいと感じていた。

そこまで変わり果てても、まだ彼女はにいちゃんと呼ぶ。どこまで行っても、あの子の心は遠い故郷に囚われている。くびきとなってしまったのは、他ならぬ彼自身。ここはかつての過ちの末路だ。

『あ、あ、ああ……っ！』

もはやマガツメの攻撃は、視認さえ難しい。〈地縛〉〈織女〉〈犬神〉。手数を増やしてほとんど勘で迎え撃ったが、それもすべて叩き潰された。鎖は砕け、瘴気の鞭は千切れ、黒い犬は弾け飛ぶ。数え切れない害虫が甚夜の体を抉る。

「は、はは。が、はぁ」

周りは血で赤く染まっている。足も震えている。おそらく小突けば、それで倒れるだろう。

『あぁ。やっと、手が、届く』

甚夜は動かない。吐息のかかる距離までマガツメが近づいても、構えさえとらなかった。

傷ついた兄の姿を見て、妹は喜びの声を上げる。

『これで、もう邪魔するものはいない。ようやくだ。ようやく失ったかつてを取り戻せる。長かった、辛かった。でもそれも終わり。もう一度、戻れる。懐かしい故郷に帰れる』

マガツメは血の泥濘《でいねい》へ踏み出し、左手でそっと甚夜の頭蓋に触れる。

『〈まほろば〉』

異能は時間の逆行。白く淡い光が彼の全身を包んだ。

――何度も繰り返すけど、最後の最後で母さんを止められるのは、あんたしかいない。それを忘れちゃ駄目だよ。

昭和の頃に、鳩の街で不思議な娼婦と出会った。七緒。マガツメに本当の意味で捨てられた、水仙を意味する娘だった。あの子はこうなることを予測して、前もって教えてくれていた。

「勝ち目のない戦いへ挑むには、少しばかり歳を取りすぎたよ、私は」

〈まほろば〉は確かに発動した。彼は元に戻るはずだった。傷が治り、鬼ではなく人へ。マガツメは、大好きなにいちゃんにもう一度会えると期待していたのだろう。けれど傷は治らない。愕《がく》然《ぜん》とするマガツメを見る甚夜の目には、憎しみと哀れみが滲んでいた。

「忘れたのか、それとも知らないのか。鬼の異能は才能ではなく願望だ。心からそれを望み、なおも理想に今一歩届かない願いの成就。なら、お前に私をどうにかできるわけがないじゃないか」

それこそがマガツメの願いの本質だから。肉体の復元も対象を赤子へ変えることも、副次的な効果に過ぎない。その本質、彼女の願いはただ一つ。

〝あの頃に帰りたい〟。

もう一度、大好きなにいちゃんに会いたかった。

どれほど心を切り捨てようとも憎しみに染まろうとも、結局はそういうこと。だからその異能は、甚夜には通用しない。いくら規格外の化け物であっても、前提条件は覆せない。あらゆるものを凌駕する勢いで彼女は進化する。それでも鬼の異能では、心から望む願いだけは叶えられないのだ。

『……っ⁉』

マガツメは咄嗟に後ろへと退く。だが、少し遅かった。

「〈血刀〉」

足下に広がる血溜まりが剣となる。足を踏み入れたマガツメは、意識の外から突き立てられる刃に足を取られた。

友人がくれた最後まで刀でありたいという切なる願いは、ここに鬼神へ届き得る刃となった。致命傷には程遠いかすり傷、〈まほろば〉を使えば一瞬で復元してしまう。だが、こちらの間合いでマガツメが無防備を晒している。それで十分。この距離ならばようやく手が届く。

『ぎっ⁉』

〈剛力〉で練り上げた膂力をもって、彼女のか細い首を掴《つか》む。あらゆる損傷を一瞬で復元される以上、ほとんどの手立ては決定打にならない。もしもそうでなかったとしても、斬り捨てるは甚夜にとって勝利ではない。

百七十年前、惚れた女を殺した妹を許せないと憎み、そのくせ殺すことも躊躇った。もう一度出会えた時、どうすればいいのか。憎悪の行方も刀を振るう理由も、何一つ分からなかった。だけど百七十年をかけて、答えに辿り着いた。

「マガツメ。お前を倒すのは、並みの力では不可能。だが、私にはあるんだ、どのような相手でも確実に葬る手段が」

彼女の首を掴む左腕が、どくりと鳴動する。他者を喰らい、その力を我がものとする異形の腕。よくよく考えてみれば、始まりはこの腕だった。それが最後の一手になるのだから、何とも皮肉な話だ。

「いくら考えても、これ以上は思いつかなかった」

かつて葛野を襲った鬼から与えられた〈同化《どうか》〉。その特質は、喰らった高位の鬼の異能を奪うこと。ただし、それには条件がある。意識が強く残る者を喰らうことはできない。〈同化〉によって異能を取り込む時、肉体だけではなく記憶や意識も同時に取り込むが、一つの体に異なる二つの意識は混在できない。そんなことをすれば、肉体の方が耐えきれず自壊してしまう。

つまり自らの命を捨てる覚悟があるなら、相手がいかなる能力を持っていたとしても道連れにして自壊できるのだ。

「なあ、鈴音。一緒に地獄へ堕《お》ちよう」

〈まほろば〉は意味がない。〈同化〉する以上、彼と彼女は同じもの。そもそも効果がない。逃げるのも遅い。既に両者は繋がっている。

鳴動する左腕からマガツメが流れ込んでくる。
想いの奔流に、目の前が白く染まった。

5

いつだって泣いていたように思う。

『お前さえいなければ……』

父親は、怒るとよく殴ったり蹴飛ばしたりしてきた。

どれだけ痛くても大きな怪我にならないのは、この身が人ではないから。

いつだったか聞かされた。母は鬼に無理矢理犯されて孕《はら》んだ、お前のような化け物を産んだせいで死んだのだと。お前など産まれてこなければよかった。

すごく痛い。殴られるより蹴られるより、父親の冷たい目やぶつけられる言葉の方が痛かった。

必要とされてない、生きている意味などない。何度も父親は語る。商家の長である父がそうだから、店の人達も自分に話しかけようとはしない。睨まれたら生活できなくなると、いないものとして扱われていた。

それならそれで完全に無視してくれればいいのに、ひそひそと嫌な話だけは聞こえてくる。

『赤い目だ』

『化け物の子供』

『あれと同じ場所にいるのは怖いな』

『あの赤色が気持ち悪い』

『近づくのはよしておこう、旦那様の機嫌をそこねる』

ずっと疎《うと》まれて暮らしてきた。その理由が赤い右目に、化け物の証にあることも知っていた。包帯で右目を隠していたのは、たぶん精一杯の訴えだったのだろう。

わたしはひとです。

おねがいだから、もうすこしでいいから、やさしくしてください。

それが叶うことは、なかったけれど。

『鈴音？　泣いてるのか？』

だけど救いはあった。

泣いていると、絶対に〝にいちゃん〟が来てくれるのだ。

『にいちゃん』

鬼の体は、殴られても蹴られても傷つかない。だからにいちゃんは、父がそこまでの暴力を振るっているとは考えていなかった。そして兄妹で行動していればひどい態度をとらないと知っていたから、できる限り傍にいようとしてくれた。

『……ごめんな』

父の態度を改めさせようとしても、聞き入れてはもらえない。どうにもできないことを、いつも彼は悔やんでいた。それでも泣いている妹を元気づけようと、にっこりと笑ってくれる。

『そうだ、これ！　磯辺餅、持ってきたんだ』

時々父は磯辺餅を焼く。それを隠して、いっしょに食べようと持ってきてくれた。他人の目から隠れながら二人で。申しわけなさそうにするけど、とても嬉しい。優しくしてくれることも、二人きりでいられることも。

『わぁ、ありがと！』

『へへ、じゃ、あっちで食べよう』

彼は当たり前のように手を差し伸べてくれる。泣いていると頭を優しく撫でて、立ち止まれば手を引いてくれた。握りしめた掌から伝わる温かさに悲しみは消える。

思えば、いつもこの手に救われてきた。ならばこの胸にある喜びは、この目に映る世界はきっと優しい手でつくられていた。

——だから、きっと彼は勘違いしている。

あの遠い雨の夜。彼は何もできなかったと無力を嘆いていたけれど、本当はそうではない。だって手を繋いでくれたから。それだけが全て。父親も、店の人たちもいらない。殴られても蹴られても疎まれても蔑《さげす》まれても、そんなことはもうどうでもいい。いつだって、にいちゃんの手が幸せそのもの。他は全て、単なる添え物に過ぎない。

冷たい雨の中、彼の手を繋いだまま死んでいけるのなら、それは例えようもない幸福なのだと。あの時に鈴音が抱いていた心を、幼い甚太は最後の最後まで知らずにいた。

大きくなれば世界は広がっていく。

繋いだ手の向こうに見えた景色を、悪くないと思う日だって来るだろう。

『私達、これから家族になるんだから』

連れられて行った先で出会った女、白雪は兄妹を家族と呼んだ。心が動くことはない。それでも江戸を離れ辿り着いた場所は、ほんの少し居心地がよかった。

世界は彼の手でできていて、他が余分であることは変わらない。それでも、ここに来てから兄はよく笑うようになった。

少しずつ流転する風景。兄と白雪の三人で遊ぶようになった。鈴音も、ちとせという少女と親しくなった。広がった世界に差し込む木漏れ日に、時折、目が眩《くら》んだりもする。しかし、葛野に連れてきてくれたのは彼の手だ。一番は、決して揺らがない。それは彼にとっても同じだった。

いつだったか、甚太と白雪、鈴音の三人で「いらずの森」に遊びに出かけた。二人の少女は笑顔で手を差し出す。彼は木刀を持っているからどちらかの手しかとれない。

そう、あの時、彼は選んだ。白雪ではなく、鈴音の手を握ってくれたのだ。

やはり世界は、彼の手でできている。何もかもが変わっても、この手だけは変わらずにあってくれる。

だからどうでもよかった。父親に捨てられても、周りに蔑まれても。白雪が彼に思いを寄せていても。この手があれば、この温かさがあれば生きていけるから、他には何もいらない。同じくらい彼が白雪を好いていても、心から祝福できる。世界はあなただから、あなたが幸せになれるならわがままは言わない。胸の奥にある想いも必要はない。

だから妹でいようと思う。あなたの邪魔にならないよう小さな妹のまま、大好きな兄が愛しい人と結ばれる未来を願うのだ。

代わりに時々でいいから、手を繋いで頭を撫でて欲しい。

それだけで、死んでもいいくらいに幸せ。

幸せ、だった、はずなのに。

◆

繋がった左腕から流れ込む記憶と想い。

未熟な甚太では知りようもなかった、鈴音の心を見せつけられる。

最後まで、この子の兄でありたいと願っていた。けれど、それでは足りなかった。

結局は測り違えていたのだろう。鈴音にとって、甚太は比喩ではなく世界の全てだった。どれだけ愛したつもりになっていても、彼女に比肩するだけの心を注いでやれなかった。つまりは、最初から兄妹は破綻していた。情けない兄が、そうと気付かなかっただけだ。

『ちく、しょうっ……はなせ、はなせぇ！』

喰われながら、マガツメはそれでも足掻く。激痛が走り、意識も朦朧としているはずだ。なのに、狙いもつけられないまま自由になる左腕で何度も甚夜を殴りつける。

手は離さない。肉が裂けて骨が砕けても構わない。痛みというのなら、異能の弊害の方が遥かに上回っている。強く自我の残る相手を〈同化〉で喰らおうとすれば、体の方が耐え切れず壊れる。土浦の時は中断したが、完全に取り込めば心中できる。この痛みを、押し潰されそうになるくらいの想いの奔流を受け止め切れば、それで片が付くのだ。

〝あの人の手が全てだった〟

想いが奔流ならば、受け止める彼は削られる淵のようなものだろう。痛々しいくらいに一途で気が狂うほどにまっすぐな想いが、甚夜の魂を削っていく。覗《のぞ》き見る記憶に歯を食い縛る。あの子にとって、幼い甚太の手はかけがえのないものだった。

なのに――お前が、憎い――全て壊れてしまった。

こんなこと望んではいなかった。鈴音は、ただ甚太が傷つく姿を見たくなかっただけだ。だから売女を殺したのに、甚太の目は憎悪に満ちていた。

『う、あ。あ、ああ』

繋がる左腕から流れ込む記憶に憎しみが沸き上がる。同じくらい悲しくもなった。

どうして気付いてやれなかったのか。

一つに注がれ、他など塵芥《ちりあくた》。鈴音にとって愛情とは初めからこういうものだったのに。

甚夜の腕から抜け出そうと、マガツメはひたすらに攻撃を続けている。

痛みから逃れるために？　それとも本当に逃げたいのは、もっと別の何かだったのか。

放たれた一撃に胸骨が砕けた。肉を抉られるような感覚に侵され、気を緩めれば意識が飛んでしまいそうになる。

「ああ、そういえば、元治さんが言ってたなぁ。〝憎しみを大切にできる男になれ〟って」

瀬戸際で思い出すのは、昔のことばかりだ。

「その時は意味が分からなかった。でもようやく、元治さんの伝えたかったことに触れられたような気がするよ」

いずれ妻を斬る役目と知りながら、元治は巫女守になった。醜悪に捻《ね》じ曲がってしまった己を斬り捨てるのは夫であって欲しいと、夜風は願った。妻を自分の手で斬り捨てた義父の気持ちは、想像するしかない。それでも積み重ねた歳月があるから、あの時は分からなかった心にも想いを馳せられる。

「元治さんは知ってたんだな。夜風さんが憎悪に囚われ集落を滅ぼそうとしたのは、それだけ葛野を愛していたからなんだって。本当に愛していたから、絶望も憎しみもどうしようもないくらい深くて。だから愛したはずのものを自分で壊してしまわないよう、元治さんは命懸けで止めた」

愛情が強かった分、反転した憎悪も苛烈だった。全てを壊し民を皆殺しにして、それでも飽き足らないほどに、彼女にとって葛野は何ものにも代え難い場所だった。そして元治は、愛する人が愛するものを壊す景色なんて認められなかった。

「鈴音、お前も同じだったのか。全てを滅ぼすと言った重さを、意味を取り違えていたよ。憎しみに目を曇らせて見ようともしなかった。お前は、そのくらい。……世界を滅ぼしてしまえるくらいに、私のことを想ってくれていたんだな」

だから元治は、憎しみを大切にできる男になれと教えた。変わらないものなんてない。あらゆるものは歳月の果てに変わってしまう。その中で、それでも変わらずに在り続けられる何かを愛せる男であって欲しいと願った。憎悪の底にある愛情を見失わず、まっすぐ向き合えるように今《いま》際《わ》の際《きわ》であっても息子の行く末を憂い、最後まで父親としての背中を見せてくれたのだ。

「もしも、もしもあの時。正面から憎しみを受け止めてやれたなら、こうはならなかった。元治さんが命懸けで教えてくれたのに、お前がそこまで愛してくれていたのに、私には何一つ見えてはいなかった」

甚夜の愛情と鈴音の愛情には、大きな隔たりがあった。それに気付かなかった時点で結末は決まっていたのだろう。今なら少しは理解してやれる。だから兄は、逃れようともがく妹にそっと右手を伸ばし、そのまま胸元へ抱き寄せる。

『あ……』

「すまなかった、鈴音。ちゃんと愛してやれない兄で。憎んでさえ、世界を滅ぼすと言ってやれなくて」

こうするのは、どれくらいぶりか。思い出せない。

長い時が経ったからか。溶け込む意識では、もう考えることもできないのか。

「自分の憎しみにばかり気を取られて、お前の憎しみに答えてやれず。世界を滅ぼすほどの想いに報いるには、私では足らなかった」

『違う。私は、わた、しが』

「どこで、間違えたんだろう。上手くはいかなかったけど。俺たち、仲のいい兄妹だったよな？」

『う、ん。わたしは、にいちゃんがだい、すきで』

「ああ、俺もだよ。鈴音のこと、大好きだった」

少しずれてしまい、お互い憎み傷つけることしかできなかったけれど。それでも懐かしい日々は嘘ではない。二人には、確かに家族だった時期があったはずだ。

『なん、で？　なんでいっちゃったの？　わたしは、よかったの。嫌われても、憎まれても。あなたが笑ってくれるなら、それでよかったのに』

散々切り捨てて憎しみだけを残し、偽物の心を植え付けたマガツメは、かつての鈴音とは別物になってしまった。なのに、そんな些細な幸せが鈴音の全てだと語る。害虫になり果てた今でさえ、彼女は何も変わっていない。

「ごめん」

『帰ろう、よ。私たちの家に、懐かしい、場所に。そうすれば。また、にいちゃんと。私は、にいちゃんって呼んで』

今も鈴音は懐かしい夢を見ている。にいちゃんがいて、白雪がいて。無邪気な妹でいられた〝まほろばのけしき〟。彼女にとって幸福は、そこにしか存在していない。だから帰りたいと、現世を滅ぼしてもあの日々を求め続ける。

「本当に、ごめんな。それで全てが救われるとしても、もうお前だけの兄には戻ってやれない」

『なん、で』

「今さら何も知らない兄妹へは戻れない。憎み合い、関係のない人を傷つけて。お互い、奪ったものが多すぎる」

『そんなもの、どうでもいい！　あなた、以外のものなんて』

「俺には、そうは思えない。たくさんの濁りがここまで支えてきてくれたから。ほら、俺達はもう同じ世界を共有できないんだ」

百七十年という歳月の果て、鈴音は大切なものを切り捨てながらも変わらなかった。逆に、甚夜はちっぽけなものを拾い集めて変わってしまった。その道は、たぶんもう交わらない。

「憎しみの根底に愛情があったとしても、何の言いわけにもならない。どれだけ大切な想いでも、それが傷つけ奪うために残り続けるというのなら。たぶん、生まれてはいけなかったんだよ。マガツメも、鬼喰らいの鬼も」

それでも、きっと始まりにあった心だけは確かに本当だ。

「だから還ろう。俺達が生まれた遠いどこかへ」

ずっと前から決めていた答えだ。

力いっぱい妹を抱きしめる。全身が軋む。限界は近いがもう逃がさない。このまま鈴音を取り込めば、甚夜の体は崩壊する。現世を滅ぼす災厄も、憎しみに囚われた醜悪な鬼人も消え去る。最善だとは思わない。全てを易々と放り出せるほど軽い生き方はしてこなかったつもりだ。だとしても、この子の想いを受け止め報いる術《すべ》が他に見つからなかった。決着としては似合いだろう。甚夜はほんの少しの寂寞《せきばく》を隠し、どれだけ鈴音がもがこうとも手は離さなかった。

『あ』

「よかった。最後の最後に、頭くらいは撫でてやれた」

自由になる右手で優しく妹の髪を梳《す》く。がさりとした奇妙な手触り。抱きしめる体も蟲になってしまった。

『あ、ああ、あああ』

見上げる呆然とした顔も半分は複眼、可愛らしかったあの頃の面影はなくなっている。しかしちゃんと妹だ。マガツメではない、鈴音として抱きしめ頭を撫でてあげられた。

──人よ、何故刀を振るう。

耳にいつかからの問いが届く。

返せる答えは見つからなかったが、甚夜は胸を張る。歳月の果てに、濁った刀は向ける先さえ定まらない。だけどそのおかげで最後の最後は、かつて守りたかったものへ切っ先を突き付けずに済んだ。刀の代わりに手を差し伸べることができたのだ。

だから、よかった。

目の前が白く染まる。近づく終わりに兄妹は同じものになる。

『あ、あああ！』

けれどマガツメは残る全ての力を込めて足掻き、無防備な頭蓋にその爪を突き立てた。

戻川高校の周囲を取り囲んでことの顚末《てんまつ》を見守っていたあやかし達は、呆然としていた。遅れて動揺が波のさざめきのように広がっていく。

視線は一点、悠然と立つ影にのみ注がれる。苛烈な戦いもついに決着がつき、校庭の影は一つだけ。中心にいる一匹の鬼は、緩慢な所作で周囲を見回してぽつりと呟く。

「〈まほろば〉」

その特質は時間の逆行。自他の時間を巻き戻して、元通りにする。傷を負う前に、成長する前に、壊れてしまう前に。それがマガツメの願いの形だ。

〈まほろば〉によって周囲の景色が変わっていく。陥没した校庭が、砕かれた校舎が、映像の逆再生のように巻き戻る。ものの数秒で学校は普段通りの姿を取り戻し、全身の傷もなくなり、変化はそこで止まった。

あやかし達の戸惑いは収まらない。喧噪の中心である鬼はそれらを一瞥《いちべつ》し、穏やかに語り掛ける。

「去るといい、あやかし達よ」

甚夜は死闘の果てにマガツメを下し、自壊せず勝利を手にして見せたのだ。

「お前達が祭り上げようとしたマガツメは、その異能ごと私が喰らった。もはや現世を滅ぼすなど不可能。だから去れ。そして、できれば静かに暮らして欲しい」

マガツメを喰らったせいか、放つ気配は濃くなった。喜びや達成感はない。

「人を憎むなとまでは言えない、居場所を奪われたと嘆く者もいるだろう。だが、栄枯盛衰は世の理《ことわり》だ。遅かれ早かれこうなっていたさ、私達は」

あやかし達に敵意はない。押し黙って甚夜の話に耳を傾けている。

「お前達が現代にいかなる感情を抱いているかは分からないし、分かったとて曲げさせる権利なぞ私にはない。だが、どうか今は退き、少しだけ考えてはくれないか。現世を覆す以外に道はないのか。元より誰にも信じられぬ我らだ。人と化して紛れ込み、暗がりに潜み。変わらずあやかしとして、語り継がれて生きていくことはできないのかと」

考えた上で出した答えならば、私に否応はない。だが願わくば、長くを生きる我らだからこそ、これからも変わりゆく時代に寄り添えるよう、ほんの少しだけ周りを見回して欲しい。そうすればきっと、悪くないと思える景色にだって出会えるだろう。

甚夜が締めくくると鬼達は沈黙した。全てを受け入れたのでも納得したわけでもないだろう。それでも彼らは、暴れず素直に引き下がってくれた。

一つ、また一つと赤い目は数を減らしていく。しばらく後には、あれだけ集まっていたあやかし達はもうどこにも見えない。学校は静謐《せいひつ》な冬の夜の風情を取り戻した。

「……終わった、のか」

マガツメが消え、怪異らも去り、戦いの爪痕も巻き戻った。長く続いた因縁が片付いたというのにその実感が湧かず、甚夜は一人校庭に立ち尽くす。

「いや、違ったな。まだ、残っている」

前を見据える。視線の先には、最後の最後に対峙せねばならない相手がいた。

「お疲れ様でした、おじさま」

マガツメが長女、向日葵は紅玉の瞳でまっすぐに甚夜を見つめている。彼女の向ける感情は相変わらず純粋な親愛だ。母を喰われた今でさえ、それに変化はなかった。

「まずは、おめでとうございます、でいいのでしょうか」

「どうだろう。正直よく分からないな」

「少なくとも悪い結末ではなかったと。母は間違えなかったと、私は思っています。だっておじさまを守れたのですから」

マガツメは〈同化〉による激痛の中、残る全ての力を込めて足掻き、無防備な頭蓋にその爪を突き立てた。一つの体に二つの意識が入って壊れる前に、あの子は自分自身の頭を砕いた。

憎んで傷つけ合って、心を切り捨てて蟲にまで成り果てた妹は、最後に兄を守るために死を選んだのだ。

「何故あいつは、などと分からないふりをするのは卑怯だな」

「卑怯とは思いませんけれど。できれば、受け止めてあげてください。いろんなものを切り捨てても、偽物の心を植え付けても。結局母にとっての一番は、貴方《あなた》の妹であることだったんです」

歳月を経てあらゆるものが変わったように見えても、あの子は妹だった。それに気付くのが少し遅かった。

「そして過程はどうあれ、おじさまは勝利した。ならば私も、母の遺志を叶えねばなりません」

甚夜は構えなかった。マガツメの遺志と語りながら、向日葵は怪しげな素振りを見せない。両手を胸の前で組んで柔らかく微笑むだけ。

「鈴蘭の最後の役割は、母が勝利した後に。懐かしい故郷を造るための要が鈴蘭でした。ですが、私は母が敗北した後に。故に、私は最後の役割を果たさせて頂きます」

マガツメが敗れた今、彼女が姿を現した理由はそこにある。向日葵は初めから、そのために産み落とされたのだ。

「私は母の心の一部。兄を慕う気持ちが形になった存在。母は、まず初めに私を産み落としました。そうしなければ貴方と敵対はできなかったから。母にとっての私は、そのくらい大切だった」

だから、この子にだけは生まれ落ちた瞬間から自我があった。マガツメの娘は切り捨てた心の一部。長女である向日葵に込められた想いは、それほどまでに強かった。

落ち着いてその言葉を受け止められるのは、きっとマガツメを取り込んだから。向日葵の言葉に嘘はないと無条件に信じられる。

「そう、大切な想いだから私は長女なのです。母は貴方のことが本当に大好きで、同時に誰よりも憎んでしまった。このままだと大切な想いまで憎しみに染まってしまう。それが、どうしようもないくらいに怖かった。これから先どれだけ長い歳月が過ぎても、兄への気持ちだけは汚れてしまわないよう、まず一番に捨てたのです」

兄を憎んでしまった鈴音は、憎悪に全てが塗り潰されてしまうことをこそ恐れた。向日葵が生まれたのは大切にしたかったから。すれ違い上手くいかなかった二人だけど、大好きという心だけは最後まで残しておきたかった。

「つまり私の役割は、母が完全に壊れてしまった後、本当に大切だった想いを伝えること。私は、そのために生まれてきた」

そこで一度区切り、呼吸を整える。向日葵は、優しくあの子が伝えられなかった言葉を口にする。

「あいしています、いつまでも」

たとえ憎しみに埋もれてしまっても愛していると。この想いだけはいつまでも変わらないと、貴方には知っていて欲しかった。

「どうか、受け取ってください。流れ往く歳月に何もかもが変わっていく中、それでも最後まで汚さずに守り抜いた心を」

汚れた環境の中にいても、それに染まらず清く正しく生きる様。それを泥中之蓮という。蓮は泥の中にあっても清らかな花を咲かせる。ならば百年を超える憎しみの中に一輪の、ほんの細やかな愛情が花開いたとしても不思議ではないだろう。

「馬鹿だなぁ、お前は。いや、それは、私もか」

本当に馬鹿だった。百七十年もかけて、自分はいったい何をしていたのだろう。

「鈴音。俺もだ。足りなかったかもしれないけど、俺もお前を……っ」

胸を焦がした憎悪はどこかに消え去り、代わりに違う何かがそこへ収まる。それがなんなのかは今の彼には分からず、込み上げる感情が涙になって流れる。

「おじさま。どうか悔やまないでください」

向日葵は零れ落ちる滴《しずく》を愛おしそうに見つめる。

「母は、私達は道を間違えたけれど、不幸なんかじゃありませんでした。だって最後に、頭を撫でてもらえたから」

「そんな、こと。そんな程度で」

「それで、よかったのです。母は十分に報われました」

あの子にとっては、貴方の手だけが全てだったから。たとえすれ違ってしまったとしても、鈴音は例えようもない幸福の中で逝けたのだ。

「だからお願い、忘れないでいて。貴方の手に抱かれ、幸福のまま消えていった女の子のことを」

貴方の思い出になれるだけで、私達が生まれた意味はあった。それを忘れないでいて欲しい。

向日葵の切なる願いを受けた甚夜は、何も言えず空を仰いだ。

誰にも届かない心は冬の夜に染み渡って、赤い月だけが独り街を見下ろす。

吹き抜ける冷たい風に、たぶん一輪の蓮の花がゆらりと揺れた。

終章　ももとせの命ねがはじ

にいちゃん、まだかな。

思えば、いつも帰りを待っていたような気がする。遅いと寂しくて早いと嬉しい。待っているのは嫌いだけど、楽しくもあった。

『お前が、憎い』

ああ、そっか。私は結局、待っていたんだ。にいちゃんが帰ってくるのを。嫌われても憎まれても、いつかは帰ってきてくれるって信じていた。信じていた分、憎かった。私を忘れて娘や親友と仲良く暮らすあなたが。

なんで？　私は、今も待っているのに。

そうだ、壊せばいいんだ。

だから娘の記憶を奪って親友を殺した。なのに帰ってこない。

よし、じゃあもっといっぱい壊そう。それには今のままでは無理だから。いらないものは切り捨てて、足りないものを埋め込んだ。たくさん壊せばいつかは帰ってきてくれる。そう信じて、世界の全てを壊せるように頑張った。そこまでいって、ようやく気付いた。本当に壊れていたのは、私の方だった。

いったいどこで間違えたんだろう。いくら考えても分からない。

あれ？　そもそも、私は、どうしたかったのか。何か大切なことを忘れているような。分からない。でも壊さなきゃ。壊せばきっと帰ってきてくれる。

『よかった。最後の最後に、頭くらいは撫でてやれた』

……そっか、ようやく思い出した。私はただ、にいちゃんに笑って欲しかっただけ。それで時々頭を撫でて手を繋いでくれれば、十分幸せだった。余計な回り道ばかりしていたから、そんなことも忘れてしまっていた。

あったかい。やっぱり何十年何百年たっても変わらない。どこまでいっても、私にとっては、にいちゃんの手だけが全てだ。

すごく久しぶり。にいちゃんが、頭を撫でてくれる。

ああ、幸せだなぁ。本当はずっと、こんな日が続けばいいって願っていた。

だから、今なら――

◆

暦座キネマ館は、今日もいつものように営業をしている。

大正・昭和と激動の時代を乗り越えた街の小さな映画館は、多くの人々に愛されてきた。

勿論《もちろん》ここまでの道のりは、決して楽なものではなかった。太平洋戦争の敗戦。テレビやビデオの普及による衰退。様々な娯楽の発展。幾度も困難に直面し、一時は営業を中止せざるを得ない状況まで追い込まれもした。しかし、館長の藤堂芳彦を筆頭に皆一丸となって奔走して度重なる窮地を押し退け、暦座キネマ館は平成にあってなおも街の小さな映画館のままでここにある。

その積み重ねた歴史を、藤堂希美子はずっと見詰めてきた。愛する夫を支え、自身も駆けずり回り、思い出深い映画館を守るために半生をかけた。敬愛する爺やのように刀を手に切り結ぶようなことはできないが、彼女にとっては意地を通す価値のある戦いだった。そうして歳月は過ぎて希美子は齢《よわい》百を超える老婆となり、今も暦座キネマ館を見守り続けている。

窓から入り込む春の風が、柔らかに肌を撫でている。差し込む陽光にまどろみながら、椅子に深く腰掛けたまま彼女は穏やかな午後を過ごしていた。

体はもうほとんど動かない。肉のついていない枯れ木のような体。水気のない真っ白の髪。もともとは華族の令嬢、品の良い面立ちだった少女も老いには勝てない。顔はしわくちゃ。しかし柔らかな目と眉間の皺の少なさに、彼女の歩みが決して不幸ではなかったのだと窺《うかが》い知れる。

「きみこ、今いい？」

部屋を訪ねてきたのは希美子の友人、溜那だ。人ではない彼女は老いることがなく、容姿は十四歳くらいの少女にしか見えない。溜那とは、もう何十年も付き合いがある。大正の頃に出会った二人は、掛け替えのない時間を共に積み重ねてきた。

「溜那さん。ええ、ええ、もちろん」

「ん、お茶持ってきた。あとおかし。野茉莉あんぱん、物産展やってたから買ってきた」

「あらあら、おいしそうねぇ」

向こうでやるべきことをやってきた。そう言って溜那がふらりと暦座に戻ってきてから一週間。生活も落ち着き、こうやってお茶をするくらいの余裕は出てきたようだ。爺やはまだ東京に戻ってきていないが、携帯電話を買ったとのことでマメに連絡をくれる。

「湯呑《ゆのみ》、一つ多い？」

「ん。今日は、お客がいる」

お盆の上に置かれた湯呑は三つ。不思議に思ったが、溜那の後ろに誰かがいると気付く。希美子は、年老いて強張ってしまった頬の筋肉を綻《ほころ》ばせた。

だって覚えていたから。ずっと昔に女三人でお喋《しゃべ》りした。その客には遠い面影がある。衣服こそ違うが、彼女はあの頃と全く変わっていなかった。

「まぁ、久しぶりねぇ……向日葵さん」

本当に懐かしい。昔は溜那と向日葵に、子供っぽい恋の悩みを相談した。長く会っていなかったけれど、希美子にとっては向日葵もまた大切な友人だった。

「はい、お久しぶりです、希美子さん。お元気そうで何よりです」

「そんなことないわよ。もうお婆ちゃんですもの。今日は、どうしたの？」

「全て、片が付いて。おじさまも見逃してくれて。落ち着いたら、なんだか会いたくなってしまいました」

その言葉の意味は分からない。いつまで経っても、百を超えた今でさえ爺やにとっての希美子

なかった。

は〝大切なお嬢様〟。いつだって甘いから、彼は向日葵を貶《おとし》めることになりかねない話はしてこ
真意は理解できなかったが、希美子は優しく目を細める。

「そう、嬉しい。私も、会いたかったわ」

彼女が抱えてきたもの、苛《さいな》むものを、このお茶の席でくらいは下ろせるように。また三人で他愛のない話をしていた頃へ戻れるように、知らないなら知らないままでいい。お互いに会いたかった。それ以上に大切なものなんて、きっとないだろう。

「ごめんなさいねぇ、いま椅子を」

「いい、きみこ。わたしがやる」

希美子は普段、車椅子で生活している。歩くどころか、支えがなければ立ち上がれない。転んでは困ると、備え付けたテーブルにお盆を置いた溜那が手早く小さな丸椅子を持ってくる。

そうして午後のお茶会の準備が整った。

「それじゃあ、溜那さんが買ってきてくれたお菓子、いただきましょうか」

野茉莉あんぱんの名前の元となった人と昔に会ったことがある。懐かしいお菓子だ。そういえば、芳彦も加えてキネマを一緒に見に行ったか。

こういう時、希美子は嬉しいと感じる。ふとした瞬間に優しくなれる大切な思い出がある。そういう日々を積み重ねてこられた。年老いた今だから、過ぎ去った昔を大切にできる〝おばあちゃん〟になれたことがとても嬉しかった。

「美味しいです……」

「そうね、本当に」

「肩の荷が下りたんでしょうか。張り詰めていたものがなくなって、少しだけ呼吸が楽になりました。その分、これからどうすればいいのかも、よく分からなくて。なぜでしょう、気付いたらここを訪ねていました」

向日葵の表情は、かすかに陰りを見せる。その奥にある心は見通せない。

「向日葵さんは、大変なお仕事が片付いたのね。だったら、ゆっくりしましょう」

「ゆっくり、ですか?」

「ええ。腰を落ち着けて、お茶を飲んで。たまにはいいでしょう?」

「そう、かもしれません」

何も知らない希美子では言えることはない。だから友達として休憩を勧める。きっと向日葵にも辛いことはあるのだろうが、せっかくのお茶会にそれを持ち込むのはもったいない。

「なんだか、懐かしいですね」

『紫陽花《あじさい》屋敷』に住んでいた頃も、こうやって三人でお茶を飲んだ。それを向日葵も思い出したのだろう。溜那の淹《い》れた緑茶を一口すすり、ほぅと息を吐く。

「ん」

「本当に。ふふ、私だけしわくちゃになっちゃったけど」

向日葵も溜那も当時の容姿を保っている。その中で希美子だけは相応に年老いた。外見ばかりではない。明日明後日に急変して亡くなってもおかしくはない年齢だ。

たぶん向日葵は、このお茶会を心地よく感じてくれたのだろう。それがすぐにでも失われてしまうほど儚《はかな》いものだと思い知ったからか、彼女は焦燥《しょうそう》のままに口を開いた。

「私、知っています」

「向日葵、さん？」

「若返ること、できますよ。簡単に、なんのデメリットもなく。もちろん、芳彦さんもいっしょに若返ることが。今のおじさまなら、〈まほろば〉ならできるはずです」

向日葵が失われるものを繋ぎ止めるかのように、矢継ぎ早にまくし立てた。

「いいのよ、向日葵さん」

希美子は申し出を、きっぱりと拒絶する。

「希美子さん……」

「ごめんなさいね、勘違いさせちゃって。しわくちゃのお婆ちゃんになっちゃったけど、私は、それを嫌だと思ったことはないの」

だって一緒に年老いてこられたから。遠い昔、憧れたキネマのように上手くはいかない。楽しいことばかりでもなかった。結婚するまでには紆余曲折があったし、結ばれてからもいっぱい喧嘩した。いつも仲のいい夫婦ではいられなかったし、子育てには四苦八苦した。暦座キネマ館だって何度も窮地に立たされた。泣いたことはたくさん、泣かせたことだってたくさんあった。

「私は、あの人といっしょに歳をとったの」

悲しくて零《こぼ》れた涙を覚えている。けれど嬉しくて流した涙は数え切れない。傍《はた》から見れば決して平穏ではない、苦難続きの人生だった。だけど心底惚れた夫の傍で、何よりも大切な子供達と共に過ごした。そんな家族を慈しんでくれる、長生きな隣人達とも出会えた。

「きっと若返っても。何回やり直したって、今以上に幸せな日々になんて出会えない」

だから、しわくちゃなお婆ちゃんになれた今が希美子には誇らしい。たとえ一秒後に死んだとしても後悔はなかった。

「ありがとう、向日葵さん。でも、このままでいさせて。私は若い元気な女の子よりも、過ごした日々を愛おしく思えるお婆ちゃんでいたいの」

強がりではなく、積み重ねた日々を無意味なものにはしたくないと素直に思えた。

「ごめん、なさい」

「ううん。だって向日葵さんは、私のことを思って言ってくれたんだもの。さ、お茶会の続きをしましょう。今こうやって三人で過ごす時間も、私には、いつかみんなで恋のお話をした時と同じくらい大切だから」

「ん。そういえば、希美子は、昔はすごく臆病だった。芳彦に告白するのもぜんぜんだめで」

「そのあたりは別に、思い出さなくてもいいのよ」

お茶を飲んでお菓子を食べて、朗らかに談笑は続く。

向日葵がぼんやりと呟いた。

「もしかしたら。本当に強かったのは、変わってしまったおじさまでも変わらなかった母でもなく。変わらなかったものを尊び、変わり往く日々を愛せる貴女だったのかもしれません」

「ひまわり。どうかした？」

「いいえ、溜那さん。また、お茶会したいなって」

「ん、いい考え。今度はみんなでおすすめのおかしを持ち寄って」

「いいですね、それ。では私も、次の機会のためにちょっと頑張ってみます」

「なら、とっておきのお茶、準備して待ってるわ。ふふ、楽しみねぇ」

鬼喰らいの鬼と現世を滅ぼす災厄。

二匹の化生《けしょう》の因縁は、百七十年という歳月を経て締め括られた。

マガツメの長女は生き残り、コドクノカゴやしわくちゃのお婆ちゃんと、これからも時折お茶会を開くのだろう。

そして、遠く離れた始まりの地でも日々は続いていく。

◆

「……美味いな」

おふうの淹れてくれた茶を啜《すす》り、甚夜は小さく呟く。

住宅街にある花屋、『三浦《みうら》花店』では小さな茶会が開かれていた。といっても朝早くの開店前に、休憩がてら二人の男女が茶を啜っているだけだ。店内の丸椅子に腰を下ろして、茶うけ代わりに売り物の冬の花を眺める。多少雑でも、互いに気心知れた仲だからそれなりに心地よい。

「よかった。お酒を出せなくて申しわけありませんけれど」

「さすがに朝からは控えるさ」

いつもより早く目を覚ました甚夜は、余裕をもって登校した。その途中、おふうに誘われて店へ寄った。茶会の理由はそんな程度だ。

湯呑を傾けつつ店舗からぼんやりと外を眺める。

思えば遠くまで来たものだ。旅立ちから気が遠くなるくらいの歳月が流れて、故郷にはあの頃の面影は欠片《かけら》もない。しかし、帰るべき場所を守り抜いてくれた人たちがいることを知っているから、移り変わる景色を寂しいとは思わない。かすかに零れた息は、少なからず気が抜けてしまったからだろう。

「気を遣わせたか？」

「昔ならともかく、今はそこまで」

唐突な問いにも、おふうは戸惑わず返してくれる。

マガツメを、鈴音を喰らった。結局妹を救えなかったのだ。お茶に誘った理由は、甚夜のことを心配したからかと聞いた。

他意はない。憎しみだけを全てと信じた過去ならばともかく、大切なものを見つけて変われた貴方ならば、過剰な気遣いは必要ないとおふうは答えた。

離れていた時間の方が長い。けれど互いはやはり特別で、昔から彼らにしか分からない瞬間があった。

「ですが、少しだけ意外だったかもしれません。もう少しくらい気落ちしていると思っていました」

「そうしたら慰めてくれたか？」

「いいえ。だって慰めて欲しくないでしょう？　貴方は、痛みを捨てられない人だから」

本当によく見透かしてくれる。それを嬉しいと感じてしまう時点で負けだった。

「不思議と、後悔はしていないんだ」

強がりではない、ごく自然に笑みは零れ落ちた。

「決して最善の結末ではなかった。だが、頭を撫でてやれた。私は兄として足らなかったかもしれない。それでも少しくらいは、鈴音の想いに報いてやれたと思っている。だから後悔はしない」

もう少し上手くやれたのではないか。浮かんだ考えは切って捨てる。辿り着いた果てで触れ合えて、鈴音は幸福のままに逝くことができた。引きずるのは、守ったものにも奪ったものにも失礼で無粋だろう。

「忘れはしないと思う。共に過ごした日々も、互いに傷つけた歳月も。あの子の笑顔も、寂しそうな顔も。涙も憎しみも、最後の最後まで私を愛してくれたことも。何一つ、忘れない」

鈴音は大切な妹だった。それだけは忘れずに歩いていこうと思う。

「本当に、馬鹿な男《ひと》」

「悪いな、性分だ」

後悔はない。その答えが返ってくると、多分おふうは理解していたはずだ。だとしても心に刺さったままの小さな棘《とげ》があることも、同時に知っていたのかもしれない。

「大丈夫、ちゃんといますよ」

とんとん、と優しく。おふうは人差し指で甚夜の胸をつつく。

マガツメを喰らったからではない。想いを伝えて、想いを受け取った。だから鈴音の心はちゃんとそこにあるのだと、彼女は語る。

指先から伝わる熱に、冷たい棘が溶けたような気がした。

「そうか。ならば、あまり情けないことも言ってられないな」

「あら、落ち込んでなかったのでは？」

「揚げ足を取らないでくれ」

困ったように甚夜は肩を竦《すく》め、悪戯《いたずら》っぽくおふうが微笑む。

花は季節を巡るもの。同じように人も鬼も、きっとこうやって散って咲いてを繰り返してどうにか生きていくのだ。

「さて、遅刻しても困る。そろそろ行かせてもらう」

「はい。ふふ、学生が板についていますね」

「そのようだ。多少億劫になる日もあるが、これが意外と楽しくてな」

おふうはまるで姉のような、母性に満ちた瞳で甚夜を見つめる。気恥ずかしくなって、別れの挨拶もそこそこに店を出た。

冬の朝の冷たい空気が身に染みた。

軽くなった心はきっと、彼女の温度のおかげだろう。

◆

「おはよ、みやかちゃん！　今日も寒いね」

「おはよう、薫。週末、雪降るって」

「ほんと？　積もるといいなぁ」

二人は並んで学校に向かう。

周囲には他の生徒もちらほら。楽しそうにはしゃぐ人、まだ眠くて欠伸《あくび》をしている人、疲れているのか面倒だとでも言いたげな人。それぞれの顔で歩いている。何気ない、当たり前の風景だ。それがもしかしたら失われていたかもしれないなんて、きっと誰も想像さえしていないだろう。

マガツメとの戦いから一週間が過ぎた。壊された校舎や陥没してしまった校庭は甚夜が〈まほろば〉で修復し、赤ん坊にされた一般人も元に戻った。あれ以来、あやかし達も鳴りを潜め、あの騒動が嘘だったかのようだ。

「甚君おはよ！」

「ああ、朝顔。みやかもおはよう」

通学路の途中で甚夜とも合流した。

因縁を終わらせた彼は、今も戻川高校に通っている。戦いの後、ことの顛末《てんまつ》を説明してくれた。

ひどく疲れた様子だった。役目を終えたこともあり、人知れず姿を消すのではないかと危惧《きぐ》していたほどだ。しかし「余程《よほど》がない限り卒業まではいるつもりだ」とのこと。せっかく友人になれたのだから、これからもいてくれるというのは素直に嬉しかった。

「おはよう。寒いね」

「もう二月だからな」

「早いなぁ。ついこの間、入学したばかりのような気がするのに」

みやかは目を細めて曖昧に笑った。

悲しいことも嬉しいこともたくさんあったが、一年はあっと言う間に過ぎてしまった。三月になって春休みが明けたら進級。新しい学年になれば今のクラスともお別れで、楽しかった日々にも区切りがつく。高校に入ってから何度も三人で登下校した。同じ教室だからごく自然な流れだった。それもクラスが変われば新しい友達ができて、わざわざでなければ一緒に登下校することもなくなるだろう。仕方ないとはいえ、少し寂しい。

「多少以上に騒がしい一年だった。早くも感じるだろうよ」

「本当に」

「まあ、厄介ごとはいつだってある。同じ高校だ、その時には頼ってくれれば嬉しい」

「ふふ。そうさせてもらうね」

その意味を間違えない。進級して教室が変わってもいつだって会えるし、何かあれば助けになると彼は言ってくれている。もう会えない人が大勢いる彼の言葉だから、慰めは胸にすとんと落ちた。いつだって会えるのだ。百年を超える歳月に比べれば、教室の違いなんて些細な問題だ。

「二人とも、まだ一年は終わってないよ？　最後の長い休み、春休みが残ってるんだから！　今度は、みんなで泊まりの旅行とかいいなぁ」

「薫ってば。でも、そうだね。一年の締め括りだし、ちょっと遠出も悪くないかな」

「でしょ？　あとは、神戸とか。中華街行ってみたい。この前、餃子特集やってたんだ」

まだ楽しいことは残っている。感傷的になるのは、少し早いのかもしれない。みやかは先程よりも気楽に雑談を交わし、甚夜がそれを微笑ましそうに眺めている。

きっとこの景色は、わずかなズレで壊れていたはずのものだ。そして、どれだけ大切にしても高校生活はすぐに失われてしまう。誰かと過ごすありふれた日常を幸福と呼ぶのだと、大人になる前に気付けて本当によかったと思う。

三人で楽しく登校すると、校門付近で甚夜が声をかけられた。以前に彼が怪異関係の事件で手助けしたという二年生の女子の先輩だった。

「あ、あの！　これ、お弁当です！」

彼女はその件で大層感謝しているらしく、時折彼へ手作りのお弁当を作ってくる。通称〝お弁当先輩〟である。その手には、かわいらしいピンクの布に包まれたお弁当箱がある。

直接の面識がないみやかたちは、少し離れたところで彼らの様子を遠巻きに見ていた。彼女は甚夜との会話を終えた後、なぜかこちらを睨み付けてくる。お弁当を作ってくるというのは、感謝だけでなく相応の好意がなければできないことだ。それを考えれば、甚夜の周りによくいるみやか達は目障りな存在なのかもしれない。

「もしかして、修羅場?」

「薫、そういうのはやめようね」

茶化すような物言いを窘《たしな》める。しかし薫の指摘が間違っていなかったのか、お弁当先輩は鋭い視線のままこちらにやってきた。彼女は吐息がかかりそうな距離まで顔を近づけると、ぎょろりとした眼つきで腹の奥から捻《ひね》り出したような低く重い声をぶつけてくる。

『小娘が。鬼神様の傍仕《そばづか》えを許されているからといって調子に乗るなよ』

その瞳は深い赤色。古い時代、他者と異なる外観を持つ存在は、総じてあやかしのものとして扱われた。赤い目は、古来より鬼の証であったという。

「え、あ、えっと」

『ふん』

瞬きをすれば彼女の目は黒に戻り、それ以上は何も言わず去っていく。

先輩は人じゃなかった?

みやかは驚きすぎてまともに反応ができず、甚夜に助けを求める。

「あの、今! 今の」

「ああ、マガツメを喰らったせいかな。どうやら一部の鬼の中には、私を鬼神と祭り上げる輩《やから》もいるらしい。どうにも嬉しくない状況になった」

甚夜は語る。

かつて〈遠見〉の鬼は予言した。百七十年後、兄妹の殺し合いの果てに「あやかしを守り慈《いつく》しむ鬼神」が生まれると。「鈴音が鬼神になる」とは言わなかったそうだ。だから結末は、最初から変わっていなかったのかもしれない。マガツメを喰らった甚夜には、それだけの力がある。歳月を経て予言は成就する。ここ葛野の地に、確かに鬼神は生まれたのだ。

「いや、それも。そこもだけど、先輩も鬼だったの？」

「ああ」

「え、あの。なん、で？」

「なんでと言われてもな。むしろ、なぜ人に紛れて生きる鬼が私だけだと思ったんだ？」

言いながら甚夜が周囲を見渡す。すると登校する生徒の中の幾人かが頭を下げた。さらには、校門の前に立っていた体育教師までが深々とお辞儀をする。顔を上げた筋肉質の厳しい教師の目は、やはり赤かった。

「おはようございます、鬼神様」

「頼むから、やめてください先生」

「なにを仰られるか」

体育教師は敬意を示して迎え入れる。肝心の甚夜はうんざりしていたが、あまり効果はないようだ。

考えてみれば鬼は人間よりも長生きなのに、今ではほとんど見ない。ならばこのクラスメイト以外にも、人に紛れて生きる存在がいてもおかしくはないのだ。

実は入学先の学校の先輩や先生までが人間ではなかったという事実に、みやかは立ちくらみを起こす。今までけっこうな人外魔境に平然と住んでいたらしい。

「おっはよ。って、みやか、なんかいきなりテンション低くない？」

教室に入ると萌が笑顔で迎えてくれた。授業が始まる前から疲れているみやかの顔を見て、不思議そうにこてんと首を傾げる。理由を話してもよかったが、彼女は秋津染吾郎。どちらかというと甚夜側だ。あまり共感してもらえそうにないので何も言わなかった。

「ちょっとあって。萌は元気そうだね」

「まぁね。なにせ、あたしってば最近絶好調だし。お父さんのおじいちゃんの、名も知らない誰かさんの想いを継いで想いを叶えた。なんていうの、達成感？　繋がってたものをちゃんと繋げられたのがよかったっていうか。あぁ、なんて言えばいいのか分かんないけど、とにかくさ。あたしは、ちっちゃな頃に憧れたあたしになれた。それがすっごい嬉しいの」

要領を得ない物言いだが、萌は満足そうだ。

古くから続く退魔の名跡、その当代。十代目秋津染吾郎は連綿と続く想いを受け継ぎ、かつて共にあった親友と再会した。いつか甚夜の隣で戦ってみせる。三代目の切った啖呵《たんか》は、百年を超えて結実する。桃恵萌は彼の隣でマガツメに挑み、現世を滅ぼす災厄さえも退けた。退魔として親友として〝秋津染吾郎〟は意地を貫き通したのだ。

「よっ、親友」

「ああ、親友」

ぱん、と小気味よい音。気軽に甚夜と萌は手を合わせる。自然すぎて周りからも何も言われないくらいだ。

　肩を並べて苦難に挑み、背中合わせで窮地を覆した二人だ。性別の違いはあっても、親しみや信頼の度合いはクラスの中でも群を抜いている、少なくともみやかには、そう見えた。

「よくよく考えてみたらさ、あたしって次の世代に自慢できるよね。甚夜と共に鬼の群れとやりあうって、三代目並みの大立ち回りじゃん」

「案外秋津が続くのならば、十代目の染吾郎の偉業は語り草になっているかもな」

「へへ、なんかちょっと恥ずかしい。でも、悪くないかも。子供に、お母さんは頑張ったんだよって言える何かがあるってさ、実はすごいことじゃない？　まぁ、まずはお父さん候補をしっかり捕まえないとダメなんだけどさ」

　たぶん二人の間には、彼らにしか分かり得ない何かがある。羨ましいとは思うが嫉妬《しっと》はない。受けた印象は清々しさだろうか。形は違えど我が強く自分の正しさにこだわる彼と彼女の在り方は、とても心地のよいものだった。

「そうだ。春休みに皆で泊まりの旅行でもって話してたんだけど、萌もどう？」

「そうなの？　いいじゃんいいじゃん、あたしも交ぜてよ」

「よかった。じゃあ、また計画立てるね」

「おっけ、期待してる」

　そうやって目の前のイベントにテンション上げるあたり、やはり萌は愛嬌のある女の子だ。

妙な巡り合わせで繋がった縁は、いつの間にか大切なものになっていた。

「なになに、私やなっきは誘ってくれないの？」

「みこって本当に押し強いよな」

旅行の話をしていると、今度は久美子が夏樹を引き連れてやってきた。彼女らとは以前、一緒に海へ行った。参加してくれるのなら楽しくなりそうだし、快く受け入れる。

「やった、春休みはみんなで旅行！　あ、でも多少高くなってもいいから古い旅館はやめてね。メンバー的に、なにかありそうだから」

「ちくしょう、否定できない」

言われてみれば参加者は怪異に縁があり過ぎる。冗談ではなく注意しなければいけない点だ。後は麻衣や柳も誘う。クラスが変わってしまうのを寂しがるだけではなく、振り返った時に優しい気持ちで懐かしめるような思い出をいっぱい作っておきたい。

そう思える人達に出会えたのはきっと途方もない幸運なのだろうと、騒がしい教室を眺めながら彼女は微笑んだ。

◆

普段通りの一日を噛み締めていたのは、吉岡麻衣も同じだった。

「ただ願ふ。おのづから遠きにてこの書を取るがありせば……」

昼休み。食事を終えた麻衣は、図書室で一冊の本を読む。

『大和流魂記』。江戸時代の後期に編纂された説話集である。有名無名にかかわらず奇妙な説話を収録したこの本は、麻衣のお気に入りだ。特に心惹かれたのは、著者による後記だ。

「姫と青鬼。先に語る話は、わたくしのきしかたをもとにしたり」

このような冒頭から始まる後記は、一見するとほとんど意味の通じない内容だ。しかし、甚夜から色々と古い話を聞いていた麻衣だからこそ感じ入るものがあった。

「麻衣。なに読んでるんだ？」

「えっとね、大和流魂記」

「またそれか？　好きだなぁ」

「うん、とっても」

今日は柳も図書室に付き合っている。やはり麻衣にとっては柳が一番大切な友達だ。

「ちなみに、どんなところが？」

「あのね、あとがき。温かくて、読んでるとすごく優しい気持ちになれるの」

「あとがきが温かい？」

今一つぴんとこないのか、柳は不思議そうに首を傾げている。その仕草がなんだか面白くて、麻衣は小さく笑った。

姫と青鬼。この説話には、とても奇妙なところがある。それは姫と青年の妹のやりとりが描かれている点だ。集落を旅立った青年は、ことの顛末を全て当時の長に話した。だから「青年の妹がいずれ鬼神となり、再び葛野へ戻ってくる」という物語の流れには問題がない。ただし青年はどれだけ走っても、決定的な瞬間には間に合わなかった。

つまり「なぜ兄を裏切ったか」と、姫に詰め寄る妹の姿を知らないはずなのだ。だというのに姫と青鬼では、青年も当時の長も知らない場面がきっちりと描写されている。その理由は何故か。簡単なことだ。姫と青鬼は、それを直接見た人間が記したのだ。

甚夜を知らない人間には、この後記の意味が分からない。十代目秋津染吾郎の桃恵萌や明治にタイムスリップした梓屋薫は、読書の習慣がないため気付かない。いつきひめである姫川みやかはこの本を読んだが、姫と青鬼を書いた編者の後記にまでは興味を示さなかった。

だから麻衣だけが、大和流魂記に隠された意味を知っている。

当事者ではなく何の因縁もなく、昔話が大好きなただの少女だから気付いた。

大和流魂記の後記には、以下のように綴られている。


「姫と青鬼。

この物語は、私自身の過去をもとにしている。

今から五十年以上も前、かつて私がまだ青年と呼ばれる年代であった頃、私は一人の女性に心を寄せていた。その人には想い合う相手がいて、私はよく嫉妬をしたものだ。けれど結局は何もかもが上手くいかず、どうしようもなくなり私は一人残された。

旅立った青鬼は、私の掛け替えのない友である。もう二度と逢うことはない。そう言った彼が、私の命が続くうちに故郷へ戻ることはないだろう。

故に、この書を編纂する。有名無名かかわらず様々な怪異を集めたこの書は、記された説話の数々は、いずれは彼の日に留まるかもしれない。

同時に、姫と青鬼の物語をここに残す。長い歳月を越えていく君が、始まりを忘れてしまわないように。かつて同じ女性を愛し、同じ苦しみを共有した友よ。君のこれからを私は知らず、同じ景色を眺めることは叶わない。だから、せめて私はここに伝えたくて、しかし伝えられなかった言葉達を記す。

道の果てか、道の途中か。私には見られない景色を見る、遠く離れた君へ。君の始まりは、決して美しくはなかった。けれど君は強い。どれだけ苦しんでも、どんなに傷ついても、苦難の道を最後まで歩き抜く。その時、君の目の前には、どのような景色が映っているのだろうか。残念ながら、私には知りようもないが。

ただ願う。もしも遠い未来で、この書を手に取ることがあったなら。その時には少しだけ立ち止まり、思い出して欲しい。君の始まりは、憎しみに塗れていたかもしれない。だが、それをつくったのは、嫉妬にかられた愚かな一人の男であったことを。たとえ君の道の終わりが不幸な結末であれ、それは愚かな男が紡いだもの。だから君が何かを悔やみ、思い悩む必要はないのだと。

逆に、行き着いた先に小さな幸福を見つけ、この書を手に取る時、傍らに誰かがいてくれるのなら。笑ってやって欲しい。的外れの言葉を残し、恥を晒す私のことを。記された姫と青鬼を笑い話に変えて、傍らの誰かと馬鹿にしてはくれないか。

人の身では、遥か先は見通せない。けれど君が歩き抜いた果てに辿り着く景色が、そういう底抜けに明るいものであることを切に願う。

私はこの葛野の地で、君の物語の始まりを後世まで語り継いでいく。

だから、どうか。

この書に記された始まりを、そんなこともあったと笑える優しい日々が君に訪れますように。

大和流魂記　編者・葛野清正』

かつて、いつきひめたる白夜《びゃくや》の巫女守《みこもり》は二人いた。流れ者だった甚太と長の息子である清正。清正は剣の腕こそなかったが、気遣いのできる人物だった。社《やしろ》から出られない白夜を慮《おもんぱか》って読本の類を貸し、自分で物語を書くこともあったという。

それは麻衣が甚夜に色々な昔話をせがむなか、ぽろりと零れ落ちただけの過去。他の誰も知らない、マガツメと鬼人の因縁と比べればどうでもいい話である。

「ああ、そっか。これ、手紙なんだ」

柳は大和流魂記の後記に触れ、なんだか照れくさそうに頬をかいた。

「姫と青鬼」は民俗学的には、青鬼が旅立つ点から青丹《あおに》が採れなくなり産鉄地としての葛野が衰退していく話だと考えられている。故に、この後記についても「編者と懇意だった鉄師や鍛冶師も集落を離れて、江戸へ流れていったのだろう」としか解説されていない。誰も説話が真実であったなんて想像もしない。

「うん、遠い昔から届いた手紙。想いって、繋がっていくんだね」

二人は図書室の片隅で、鬼人が踏み越えてきた歳月に想いを馳せる。

「そういや、件《くだん》の青鬼は？」

「みやかさんと一緒に、屋上だって」

「そっか。いつきひめと青鬼、なんか不思議な縁だよなぁ」

「違うよ。こういうのはね、〝ロマンがある〟っていうの」

そう言って麻衣は、悪戯っぽく微笑んで見せた。

◆

遠い冬の空は青よりも灰色に近く、晴れやかとは言い難い。ぐっと背筋を伸ばすみやかの傍らでは、甚夜が空を見上げている。

「空が高いね。少し寒いけど気持ちいい」

「ああ、悪くない気分だ」

冬の弱々しい日差しに、木漏れ日のような安らぎを感じる。たぶん甚夜も同じだろう。彼も寛《くつろ》いでいる様子だった。

「本当はね、ちょっとだけ期待してたんだ」

「なにを？」

「マガツメの力が、時間の逆行だって聞いたから。もしかしたら、それにやられて。甚夜は鬼になる前の、普通の人間に戻れるんじゃないかって。そこは、ちょっとだけ残念」

もしも彼が人に戻れたなら。普通のクラスメイトとして一緒に過ごして、大人になって社会に出て、いつか出会えた時にはお互い老けたと笑い合う。そういう当たり前のようなやりとりだって、できたかもしれない。

しかしマガツメの願いでは、甚夜を人に戻すことはできなかった。奪った今でも彼自身には〈まほろば〉の効果が薄く、怪我した際に少しだけ時間を戻すのが限界らしい。甚夜は鬼のまま、これからも長い時を生きる。

それを少しだけ残念に思ったが、彼はあまり気にしていないようだった。

「逃げるなということだろう」

「なにから?」

「奪ったものから。背負ったものから。なにより、貫いてきた己から」

人に戻れなかったのは、つまりそういうこと。もとより逃げるつもりはない。数え切れない罪を忘れて生きるなど今さらできない。最後まで己が在り方を曲げず、その果てに野垂れ死ぬことこそ本望だと甚夜は語る。結局彼は、古臭い鬼の生き方を捨てられなかったのだ。

「そっか」

「だが、それもいいさ。人には戻れないが、おかげで君達にも会えた。それだけでも歩いた歳月は十分報われた」

始まりを間違えて、望んだ未来は得られなかった。だからこそ出会えた尊さがあった。

彼が小さく笑みを落とす。

「私は、確かに幸せだったのだと。今なら心から言えるよ」

「ずるいなぁ、そういうの」

そんな言い方をされたら何も言えなくなってしまう。

みやかは薫と違い、人付き合いが得意ではない。そもそも感情を表に出すのが苦手だし、不用意に踏み込んで傷つけるのも傷つくのも怖かった。素直に甘えることができず、肝心なところで退いてしまうのが彼女の悪い癖だった。しかし今は違う、素直に心を見せられる。

「……〝もともとせの命ねがはじ〟」

「坂口安吾《あんご》か」

「そう。麻衣と友達になって、色々本を読むようになったから。けっこう好きなんだ、この文」

――もともとせの命ねがはじいつの日か御楯とゆかん君とちぎりて。

『堕落論』に記された一説は、決して綺麗な言葉ではない。

〝長く生きることは望まない。いつか戦いに赴く貴方と結ばれたい〟

戦時中、そう健気に男を見送った女も半年も経たぬうちに想いを忘れ、違う面影に惹かれていく。人は元来、そういう生き物なのだと安吾は語る。

この一説を気に入ったのは、単に「百年の命は望まない」という部分に惹かれたからだ。甚夜のことを知っているから、その一点だけが印象的だった。

「この文章を読んで、ちょっとだけ考えたの。もしも私が長生きできるのなら。例えばの話ね。千年を生きられるとしたら、私はそれを選ぶのかなって」

ふと浮かんだ疑問の答えは、すぐに出てしまう。

「多分選ばないんだろうなと思った。もしも千年生きるって決めて実際そうなっても、すぐ後悔しそう。今はそうなりたいと願っても、きっと変わらずにいられるほど私は強くないから」

たとえ今がどれだけ楽しくて、こんな日々を続けていきたいと願っても。千年の時を無邪気なままいるなんて、きっとみやかにはできない。だから、同じ時間は過ごせない。

いくら足掻《あが》いたとしても、人は鬼よりも早く亡くなってそれでおしまい。鬼になれたとしても積み重ねた歳月に歪んで、きっと始まりの気持ちを忘れてしまう。みやかとして彼に向き合えるのは、今この瞬間、すれ違い程度の短い間だけ。しかし彼の言葉を借りれば、それも悪くないと思う。

「だから百年の命は、ずっと続いていく人生は望まないの」

安吾が意図した文章の意味とは全然違う使い方だ。でも、彼は間違いを指摘せず黙って話を聞いてくれている。なら頑張ろう。照れくさくても、伝えたいことはまっすぐに伝える。

「だって私は今の気持ちを大切にしたいから。その上で、いつか大人になって変わってしまった時。それでも昔を振り返って、遠い空を懐かしいと素直に思えたなら、こんなに素敵なことはないって思う」

甚夜は何も言わず、大した反応も見せなかった。

理解してもらえなかったのかと不安になり、慌てて言葉を続ける。

「えっ、と。だからね。私は長い時間生きることはできなくて、ずっと一緒にはいられないけれど。できれば高校を卒業しても、大学に行って大人になってもどこかで繋がっていて。いつかお婆ちゃんになった時、どんな形でもいいからこうやって一緒に空を見上げられたらいいなって……そういう話」

結局は一瞬のすれ違い、いずれ忘れられていく日々でしかない。だとしても、変わらない貴方がふと昔を振り返った時に懐かしさを分かち合い、失われた時を悼《いた》みながらもよい思い出だったと笑顔になってもらえる。そういう存在でありたいと願う。その想いに、今は名前を付けられないけれど。

「ごめん、なんか失敗した。今の忘れて。もう一回やり直してもいい？」

少し回りくどかった。その上まごついて、弁明も上手くいかない。今一つ決めきれなかった恥ずかしさに、みやかは顔を隠す。

「いいや、しっかり覚えておこう。なにせ〝からかえる〟絶好のネタだ。手放すなんて勿体ない」

非情にも、甚夜は意地悪な笑みを浮かべていた。

「君が大人になっても、皺だらけの老婆になっても。なんなら今際《いまわ》の際《きわ》であっても、今日の醜態を私は語るよ」

ちょうどチャイムが鳴り、彼は屋上を去ろうとする。

みやかは今の言葉を、ゆっくりと咀嚼《そしゃく》して飲み込んだ。

「ま、待って！」

「さて、急がないと授業に遅れるぞ」

呼び止めても振り向かず、すたすた甚夜は歩いていく。

思えば、いつもあの背中に守られていたような気がする。遠くなる背中に追いつこうと慌てて走り出す。

高く遠い灰色の空の下、姫と青鬼は同じ教室へ帰っていく。

百七十年をかけた憎しみのお話は、ここに一つの区切りを迎えた。


みなわのひびは弾けて消えた。

旅立ちの時とは、まるで違う。しかし想いは巡り、心は願った場所に還った。

鮮やかな花の咲き誇る、懐かしい〝まほろば〟に辿り着けたのだ。

憎しみに溺れた鬼人の道往きは、ここでおしまい。

ここから先は、ただの甚夜としての毎日が続いていく。

──ああ、こんなにも美しい空はいつぶりだろうか。

眩《まばゆ》い星の天幕にも比肩する灰色、あまりの美しさに視界が滲む。

いつか、この冬空を懐かしめる日が来ますように。

〝にいちゃん、だいすき〟

胸に残った小さなぬくもりを失くさぬよう、甚夜は穏やかに初めの一歩を踏み出した。

余談　潮騒《しおさい》の景色

1

全てが終わったあとの話だ。

高校二年の夏休み前のある日の朝、ふと見たテレビのニュースが目に留まった。

交通の便が悪く急激な人口減少により過疎化した、いくつかの集落のことを取り上げていた。

ありふれた話題に気を取られたのは、知った名称があったからだろう。

伊之狭《いのさ》村。長野にある小さな集落は、今では人が住んでおらず廃村となっているらしい。かつて甚夜は、そこの療養所に通ったことがあった。あれは確か、昭和の初期だったたか。

「甚夜、どうかした？」

みやかに声をかけられて意識を取り戻した。

昼休み、いつものメンバーで昼食をとりながらも心は追想に囚われていた。朝に見たニュースのせいで、少し感傷的になっていたようだ。

「ああ、すまない。なんの話だったかな？」

「だから、夏休みの計画。また皆で、旅行でもどうかって話だよ。爺ちゃんも行こうぜ」

藤堂夏樹は拳を握って熱弁する。やはり、夏といえば海。せっかくだから、泊まりで海の幸や温泉が楽しめる場所をと自身の希望を捲《まく》し立てる。今回は妙に気合いが入っていて、数冊の旅行雑誌まで用意していた。

「麻衣はどんなとこがいい？」

「温泉は、行ってみたいなぁ。城崎《きのさき》とか？」

「城崎温泉。ああ、志賀直哉か。でも、海あったっけ？」

麻衣は温泉地と聞いて、文豪が題材にした城崎を思い浮かべたらしい。彼女らしいと柳が笑っている。

「いいね！　友達と泊まりの旅行、楽しそう！　旅館は気を遣って欲しいけどね。なっきがいるし」

「その辺り別に大丈夫じゃない？　あたしや甚に、富島だっているんだし」

やたら都市伝説に好かれる夏樹のことを心配して、幼馴染《おさななじみ》の久美子が不安を口にするも、幸いオカルトの専門家がいるからと萌は気楽な様子。ただし意見を否定していないところを見るに、何か起こるのは前提のようだ。

「夏休み、楽しみだね」

「うん、また皆で色々やりたいね」

薫とみやかも楽しそうにしている。

「甚夜は、どんなところがいい？」

「そうだな」

勿論《もちろん》旅行のメンバーには、甚夜も含まれていた。だが、微笑ましく思いながらも、やはり頭の片隅には伊之狭村のことがある。思い出したのは、きっと今が間違いなく幸福だから。それに海の話だから、彼女の微笑が蘇ったのだろう。

彼女は、決して美しくはなかったように思う。青白い肌。痩せ細った体。ほんの一瞬でも目を離せば、掻き消えてしまいそうなくらい儚《はかな》かった。

『大丈夫、ちゃんと視えているから』

けれど、その瞳に惹かれた。諦めの中に捨てきれない何かを宿した、遠くを眺める彼女の瞳だけは素直に綺麗だと感じたのだ。

これは、物語の本筋とは少し逸れたお話。

わずかな間だけ触れ合った、未来視の少女との優しい記憶だ。

◆

昭和十二年（1937年）十二月。

事の発端は、紫陽花屋敷の主、赤瀬充知《みちとも》に持ち込まれた不可思議な相談事である。

「長谷部《はせべ》柾之丞《まさのじょう》、急逝した長谷部家の当主だ。彼は子爵《ししゃく》で、私より十歳は上かな」

充知も老齢と言って差し支えなく、病気での急死も他人事ではない。だからだろうか、少しだけ寂しそうに曖昧な笑みを浮かべた。人は老い衰える。それだけは抗《あらが》えるものではない。

「柾之丞殿とは、それなりに交流があってね。といっても友人ではなく、仕事や夜会へ出た時に程度のものだけど。その縁で葬式にも顔を出させてもらったんだが、そこで彼の息子さんとも会った。で、持ち掛けられた相談が」

娘は〝なにか〟に憑《つ》かれている。そんな、にわかには信じがたい内容だったという。

「こころ。柾之丞殿の孫娘の名前は、心というそうだ。憑かれたなんて普通なら信じない。けれど私の場合は、その程度では驚けないくらいに経験豊富だろう？」

眉唾な話ではあったが、充知は怪異が単なる与太ではないと身をもって知っている。柾之丞にも、冗談交じりにその手の話をしたことがあったそうだ。同時に「屋敷には、怪異を専門とする家内使用人がいる」とも。それが息子にも伝わったらしい。

「で、だ。その子は病弱で、もし原因となる憑き物が落ちれば病状が改善するかも、と考えているようだ。もっとも奥方は、そうでもないようだけど」

忌々しげに充知が吐き捨てる。元々落ち着いた性格だが、齢《よわい》を重ねて若い時分よりもさらに余裕が生まれた。そんな彼が久しぶりに見せる剥き出しの感情だった。

「体調が優れず一日のほとんどを寝て過ごしている娘に対して『時折、気味の悪いことを言う。まともじゃない、自分の娘とは思えない。もし本当に、その手のことに通じている人がいるなら、お願いだからどうにかしてくれないか』だとさ」

「そいつは、胸糞が悪いな」

「そこは私も同意見だね」

娘を大事に想わない親などいない。そう信じて疑わない甚夜にとって、その女の言葉は受け入れ難いものだった。そこは充知も同じだが、柾之丞とはそれなりに付き合いがあったため無視するのも気が引けるらしい。

「一度、その孫娘を見てやってくれないか？」

苦々しく、申しわけなさそうに頭を下げた。

「正直関わりたくない手合いだが」

「そう言わないでやってくれ。息子さんの方は、まだまともなんだ。長谷部には世話にもなったしね」

「義理立てはしておきたい、ということか」

「君に丸投げする形は、心苦しいけどね。解決できるかは別というのも、ちゃんと念を押しておいた。お願いできないものかな」

そう付け加える辺り、充知もこの手の厄介ごとにずいぶんと慣れたものだ。

こうして甚夜は、長谷部家に足を運ぶ流れとなった。

「しかたない、受けよう。ただ、なにをもって憑かれたと言い出したんだ？」

「ああ、それはね……」

語られた内容に、甚夜は眉をしかめることになった。

長谷部家は金勘定が苦手なくせに気位だけは高く、大正の頃には没落しかかっていたらしい。それを立て直したのが、柾之丞という男である。

今より八年前、長谷部は突然、造船に携わり始めた。不景気で潰れる企業もあるのに、何を血迷ったのか。周囲の意見を無視して彼は動く。「これで長谷部も終わりか」などと噂されたが、状況は一変する。

昭和六年（１９３１年）、大日本帝国と中華民国との間に武力紛争が勃発する。後に言う満州事変を機に軍需が高まり、長谷部の造船業は大幅に躍進。傾きかけていた家は、今や有数の資産家であるらしい。

甚夜がまず訪ねたのは、その柾之丞の息子夫婦が住むという邸宅だ。外観は豪奢《ごうしゃ》で内装や調度品も一目で高級だと分かる。

「あなたが、赤瀬様の紹介してくださった専門家？」

待っていたのは、藍色の洋装をした気の強そうな女だった。柾之丞の息子の奥方。夫からの相談は縋《すが》るようだと聞いていたが、妻の方は面倒くさそうな印象を受けた。

端《はな》から甚夜を下に見ているのだろう。頼みごとをした相手とはいえ、庶民に敬意を払う必要はない。上流階級特有の傲慢さが透けて見えていた。

「なら〝あれ〟を見てもらえるかしら。住所は他の者に聞いて」

「あれ、というのは貴女《あなた》の娘のことですか？」

「やめてちょうだい、おぞましい。あんな気味悪いものを娘だなんて思いたくないわ。大体、あれのせいでお義父様《とう》は死んだのよ」

自身の娘について語りながら、嫌悪に口元を歪ませる。腹立たしいが、そこを指摘したところで話が長引くだけ。必要なことを聞いて、さっさと切り上げることにした。

「せいで、とは？」

「あれが言ったの、お義父様が死ぬって。一か月後、本当に亡くなったわ。ああ、思い出すだけでも恐ろしい。嗤《わら》っていたのよ？　散々、お義父様に可愛がられていたのに。夫の頼みだからこうして手間をかけるけど、本当はそのまま死んでくれてもいいくらいなんだから」

そう吐き捨てて、女は不機嫌なまま去っていった。

柾之丞のおかげで大層な資産家となった長谷部は、帝都に大きな屋敷を構えた。代わりに今まで使っていた古くなった邸宅は、彼の孫娘に宛がわれた。分かり易《やす》い構図だ。こころという娘は疎《うと》まれてぼろぼろの家に押し込められた一方、その母親自身は柾之丞の資産で優雅な生活を送る腹積もりなのだろう。

父親は娘をある程度心配しており、体が治るならどうにかしてやりたいと思っている。しかし母親は、あやかしに憑かれた娘なんぞ気味が悪い、本当は死んでくれた方がありがたいくらいの気持ちでいるに違いない。

心底癪《しゃく》に障《さわ》るが、充知の願いを途中で放り出すにもいかない。

荒れた胸中は溜息と共に吐き出して、甚夜は旧長谷部邸へと向かった。

そこは取り残されたという表現の似合う屋敷だった。

立ち並ぶ鉄筋とコンクリートのビルに囲まれ、ぽつりと存在するくすんだ洋館。

関東大震災以後、帝都は一層近代化が進んで、江戸の名残《なごり》を残す木造建築は次々と壊されていった。だが、明治の初期に建てられて震災にも耐えた長谷部家の屋敷は軽い補修工事で十分だったらしく、以後もそのまま使われ続けているようだ。規模の大きい洋風の建築ではあるが、近代的な街並みの中ではやはり古臭く見えた。

扉が木の軋《きし》む嫌な音を立てた。屋敷の玄関で甚夜を迎えたのは、着物の上からエプロンをかけた老婆だった。

「お待ちしておりました、葛野甚夜様ですね」

家内使用人なのだろう。折り目の付いた所作で丁寧に頭を下げる。疲れているのか顔色はよくない。老婆は「こちらへ、どうぞ」と中へ案内する。

「何故、私が来たと？」

彼女は甚夜が到着するのとほぼ同時に玄関へ出てきた。来訪する日時は伝えていなかったはずなのに、まるで最初から知っていたかのようだ。

「当然でしょう。お嬢様は、〝なにか〟に憑かれているのですから」

老婆は虚ろな空気を漂わせていた。

話によると、屋敷の差配は最初だけ母親が行ったという。娘を押し込め、華族として外聞が悪くないよう申しわけ程度に使用人を配置しただけ。あまり金をかけていないのか、掃除も行き届いておらず、見ると壁や床はかなり傷んでいる。曲がりなりにも子爵家の娘だ、放置し切って妙な噂が流れても困る。娘のためではなく、母親として娘を気遣っていると周囲に喧伝《けんでん》したかったのだろう。思った以上に気分の悪い依頼となった。

「こちらです。どうぞ」

扉の前で老婆はお辞儀し、そのまま場を離れる。二人きりになれるよう気遣ったのか、そもそも近寄りたくなかったのか。部屋に足を踏み入れる。実用的な調度品しか置かれておらず、大した装飾もない簡素な室内。端にあるベッドには少女が横たわっていた。

「待ってたよ、鬼さん」

顔だけを甚夜の方に向けて、こころという名前とは裏腹に感情の色のない微笑を零《こぼ》す。年の頃は、十三歳かそこらに見えた。しかし、若さというものを感じない。肌の色は青白く手足も痩せ細っていて、触れるだけでぽきりと折れてしまいそうだ。

「何故、それを?」

初めて会うはずの彼女は、甚夜が鬼であると初めから知っていた。驚きはなかった。事前に来訪を察知していたのだから、正体を見抜くくらい不思議でもない。ただ、それがどのような手段で行われたのかには興味があった。

「視たから」

短い答えが全て。少女は甚夜が部屋を訪れる瞬間を、ちゃんとその瞳で視ていたのだ。

「なるほど」

「驚かないんだ?」

「突飛さで言えば、鬼の方が相当だろう?」

ベッドの傍に備え付けられた椅子へ腰を下ろしつつ、軽い調子で返す。それもそうかと少女はにんまりと口を歪めた。無邪気な笑みには程遠い。容姿に見合わない、どこか馬鹿にするような表情だった。

「さて、君がこころで間違いないか?」

「うん。鬼さんは?」

「私は葛野甚夜。君の両親から頼まれた。娘が〝なにか〟に憑りつかれたので見て欲しいと」

思惑はどうあれ、ではあるが。隠したものを正確に察して、こころがせせら笑う。

「そんなことを。馬鹿な人達。お爺様と同じように、ちゃんと色々と教えてあげたのに」

「色々というのは?」

「あなたも知りたいの?」

父を悩ませ母に気味が悪いと言わせたのは、おそらくその〝色々〟だ。それを彼女もちゃんと理解している。実年齢は別にして、その程度の分別が付かないほど幼いようには思えなかった。

「なら何度でも言ってあげる。東京はいずれ火の海になる。この国は戦争に負けて、人々は惨めに地べたを這いつくばるの」

けれどこころは、その瞳にしか映らない、今は存在もしない未来の景色を隠すことなく語った。

2

こころは元々勘の鋭い少女だった。

突然の来訪や身の回りのちょっとした出来事。誰も気付かない予兆を、彼女だけが知るということはよくあった。それが単なる直感で片付けられなくなったのは昭和四年（1929年）、彼女が五歳になった頃である。

『遠くないうちに、新しい戦争が起こる』

祖父柾之丞の前で、こころはそう語った。幼く舌足らずな孫娘が、大人のようにやけにはっきりした口調で喋《しゃべ》る。はっきり言って異常だった。

そこに何か感じ入るものがあったのか、彼は動き出す。既に没落しかかった家なら今さら失うものなどない。何より孫娘は勘が鋭い。もしかしたら、くらいの気持ちはあったのかもしれない。

そうやって着手した造船業は、二年後の満州事変により大幅な躍進を見せた。

だから柾之丞は知る。こころのこれは直感などではないのだと。

『ああ、私の可愛いこころ。今日も沢山お話をしよう』

以来、彼は孫娘を可愛がった。理由など決まっている。こころだけが知れる未来を独占するためだ。それがこころの母親には、気に食わなかったらしい。なんなら遺産を直接孫娘に全て渡すのではないか。そう思わせるほどの溺愛ぶりだった。

『お爺様、体が苦しい、です』

『そうか、なら今日は休むといい。また明日、私のために色々と聞かせておくれ』

こころの体が弱くなりだしたのも、ちょうどこの頃だった。特に、未来の景色を視た後にひどく憔悴《しょうすい》する。間近で見ている柾之丞が気付かないはずがない。つまり彼の愛情は孫娘へのものではなく、お気に入りの道具に対するものでしかなかった。

『視えた未来は逐一言うんだ。そうでなければ、大変なことになってしまうからね』

長谷部の家のため、柾之丞は粘つくような優しい口調で繰り返し言い聞かせる。

そこから少女の転落は始まった。

こころは祖父に願われ、長谷部家のために未来を視る。けれど、未来を選べるわけではない。時には、視てはいけないものが紛れ込むことだってある。

『貴女《あなた》、明日死ぬわ。気をつけてね』

通りすがった家内使用人に、こころは注意を促す。裏のないまったくの善意だ。階段を踏み外して転落死する。そうならないよう足元に気を付けて欲しかった。

翌日、使用人は階段を踏み外し転落死した。

こころ自身も知らなかったが、彼女の予知は恐ろしく正確だ。避けようとしても結果そうなってしまうくらいに、変え難い未来を彼女は視るのだ。

〝あの娘は死を振り撒く〟

そう囁かれるまでに時間はいらなかった。

こころに何かを言われれば死が訪れる。事実とは逆だが、家内使用人にはそれが共通の認識になった。怯《おび》えは隠せない。家で働く者は皆、腫れ物に触るような態度で接するが、彼女は変わらなかった。だって「視えた未来は逐一言う。そうでなければ大変なことになってしまう」。柾之丞のかけた呪いはこころを蝕《むしば》む。彼女にとってそれは紛れもない真実で、だから誰かと出会う度に言う。

『その壺、壊れるから触らない方がいいよ』

『あなたのお母さんの病気、もう治らないわ』

『大変。通り魔に刺されちゃう、あなた』

『かわいそう。一週間後、駅前で事故が起こる』

『診療所に行った方がいい。多分、もう手遅れだけど』

彼女の視た未来は、全て現実となった。薄気味悪いと家内使用人は次々に辞め、実の母親でさえ近寄らなくなった。

次第にこころの体は衰弱して、一日のほとんどをベッドで寝て過ごすようになる。会いに来るのは祖父と父、後は世話役の数人程度になってしまった。

そして終わりを迎える。

『東京はいずれ火の海になる。この国は戦争に負けて、人々は惨めに地べたを這いつくばるの。その時には、お爺様はもう生きておられないけれど』

東京が火の海になる。突飛すぎる発言を誰もが恐れた。

その一か月後、長谷部柾之丞は急逝。思惑はあっても頻繁に彼女を訪ねてくれた祖父はいなくなった。可愛がってくれた祖父にさえ呪言を紡ぐ。その所業を嫌悪した母親は、旧長谷部邸にころを押し込んだ。父親も反対はしなかった。

病弱な娘を心配する父親の気持ちに嘘はない。それでも誰だって命は惜しいのだ。

◆

「そうか、君は未来を視るのか」

気味が悪いと親からも疎まれた少女は、甚夜の言葉に驚きを見せた。

たぶん嫌悪や怯えに慣れ切っていたから、普通に接する彼の態度をむしろ奇妙に感じたのだろう。しかも甚夜は何も知らないのではなく、ちゃんとこころの異能を理解している。だから余計にしっくりこなかったらしい。

「ずいぶん簡単に、受け入れるんだ」

「昔、似たような異能を持った女がいた。未来視はさして珍しいものでもないよ」

名前も知らない鬼女は〈遠見〉を有していた。遠い景色を覗《のぞ》き見る、それが今は形もない未来の情景であっても。前例を知っていたから未来視に対する偏見はあまりなかった。同時に怪異の気配を感じないため、こころが何かに憑かれたのではないことも分かった。

つまり未来視の異能は、己が内から湧き出たこの少女自身の特性に過ぎなかった。

「体が弱いと聞いたが」

「うん」

会話に慣れていないのかもしれない。甚夜が腰を落ち着けて話そうとすれば、彼女は視線を逸らして俯《うつむ》きなんとか返事を絞り出した。それも仕方がない、今まで親すらほとんど会いに来なかったのだから。唯一彼女と向かい合って話したのは、未来視を利用しようとする祖父だけ。その彼も今は死んでしまった。

「病気じゃない、原因不明だって」

「そうか。ちゃんと食べているか？」

「まあね。使用人が持ってくる。あんまり残さないよ」

そう言う割に少女は細い。肌にも艶《つや》がなかった。

「好きな食べ物は？」

「ない。嫌いなものも特に」

「そうきっぱりと言い切らないで欲しいな。もう少し話を長く続けてはくれないか？」

「だったら鬼さんが努力すべきじゃない？　話題がつまらないもの」

ただでさえ幼い娘と老翁、噛み合わないことの方が多い。けれど手探りの会話は、それでも長く続いた。とりとめなく、どうでもいい話だけを重ねていく。

「っと、もうこんな時間か」

話の途中で切り上げたのは時間が来たからではなく、こころに疲れが見え始めたからだ。久しぶりに長く喋っていたせいか瞼《まぶた》が落ちかけている。

「帰るの、鬼さん？」

「ああ、明日また来る」

名残惜しそうな彼女の頭を軽く撫でて簡素な約束を交わす。

部屋を出る時、縋るように少しだけ伸ばされた手を知っていた。

少女は怪異に憑かれていない。それを確認した時点で、依頼は終わっていると言っていい。

けれど、途中で放り出す気にはなれなかった。


それからというもの、甚夜は毎日欠かさず旧長谷部邸へ足を運んだ。依頼ではなくただの客として、何度もこころを訪ねる。

「起きているか？」

「また来たの？　相変わらず暇ね」

彼女は煩わしそうに、でも、どこか楽しそうに迎え入れてくれる。

今日の話題は、暦座の子供達とやった遊びだ。

「鬼ごっこ？」

「ああ、知人の子供たちに付き合わされてな。『鬼さんこちら、手の鳴る方へ』なんて、日が落ちるまで走り回ったよ」

「本物の鬼なのに、ごっこ？　変なの」

家族も使用人も近づかない。病弱なこころに無理はさせられず、一時間程度の雑談で終わる。

それでも暇を持て余しているからか、些細なことも興味深そうに聞いてくれた。

「というか、逃げる子供を追いかける鬼って、ただの怖い話よね」

「そう言われると、確かに」

「追いつかれたらバリバリ食べられちゃう？　たすけてー。あっ、こうやって逃げる時に言うのね、『鬼さんこちら、手の鳴る方へ』って」

「人喰いの鬼を呼んではいけないだろう」

「そっか。ふふ」

雑談を繰り返して少しは距離も近づいたように思う。当初はぎこちなかった少女も徐々に慣れて、時折だが子供らしい笑みを見せてくれるようになった。

「でも、ちょっとだけ、いいな。私は走ったりできないから、丈夫な鬼さんが羨ましい」

「まあ、実際丈夫ではあるな。骨を砕かれても腹を裂かれても、その程度では死ねない」

「そこは、あんまり羨ましいところじゃないね」

最後の冗談は置いておくにして、鬼ごっこの話はそこそこ気に入ってくれたらしい。寝転がったまま、こころは「鬼さんこちら、手の鳴る方へ」と手拍子をとりつつ機嫌よさそうに歌っていた。

それからも交流は続く。噛み合わないなりにお互い日々を重ねると、互いの事情にも触れる機会も出てくる。

「お父様が頼んだんだっけ。私が化け物に憑かれてるって」

「ああ。だが、そうではないのだろう?」

「うん。物心ついた頃には、ちょっと先のことが分かった。勘が鋭いって感じだったけど、ある時、はっきりと視えるようになったの。だから皆に言ったわ。戦争が起こるって。それを喜んでくれたのは、お爺様だけだったけれど」

柾之丞は、こころの言葉を信じた。だからこそ利用した。未来視を手中にすれば強大な力となる。事実、彼は没落しかかった長谷部家を容易に立て直した。それはあくまでも道具に対する愛情ではあったが、大切にしていたのは間違いなかった。

「でもそれが、お母様には気に入らなかったのね。いつも疎ましげに見ていたのを覚えている」

母は柾之丞の息子の嫁。一般の家庭に生まれたが、見初められて華族の家に嫁いだらしい。そういう経緯だからか金への執着が強かった。祖父と孫娘の触れ合い、傍目にはそう見えるはずの景色さえ遺産の配分に影響するものとして快くは思わなかったようだ。

「あっ、くぅ」

「こころ?」

話の途中、急に少女は胸を押さえて呻く。まるで溺れているようだ。空気を求めるように喘いで、苦渋に顔を歪める。ただ瞳だけが妖しげな光を灯す。

「視えたのか」

荒れた呼吸が落ち着いたところで問い掛ければ、こころは疲れた微笑みを浮かべる。

「貴方《あなた》の未来が。刀を持った女の子。どこでもない街で、いつか貴方はその胸を刃で貫かれる」

降り頻《しき》る雨、狭い部屋の中。彼を憎む少女は刀を構え、赤い太刀で迎え撃つが刃は届かない。なすすべなくその身を貫かれ、鬼喰らいの鬼は地に伏す。

それが彼女の垣間見《かいまみ》た未来だった。

あまり怯えた様子を見せなかった甚夜に、こころが不思議そうに問いかけた。

「怖くないの？」

「いや、怖いな」

口にした恐怖は紛れもなく本心だ。何も守れず志半ばに死ぬのは、大切なものをいくつも失ってきた身だからこそ、どうしようもないくらいに怖い。

「ただ、その未来は仕方ないようにも思う。さんざん踏み躙《にじ》ってきた男だ、踏み躙られるのもまた因果だろう」

彼女の視た未来がどのようなものであれ、憎しみに生きた男なら憎まれて野垂れ死ぬのがお似合いだ。

「変なヤツ」

「偏屈なんだ、年寄りだからな」

「ふふ、ばぁか」

おどけて肩を竦《すく》めれば、もう一度彼女の頬が緩む。

達観したものではない。幼い娘らしい、飾り気のない微笑だった。

部屋を出てすぐのところで見慣れない顔に会う。三十半ばの痩せ細った、弱々しいといった印象の男だ。

「ああ、君は。赤瀬の家が手配してくれた?」

「葛野甚夜と申します。貴方は」

「こころの父親だよ。一応はね」

通い始めてしばらく経つのに、父親がここに来たのは今日が初めてだった。

責めはしない。そこまで立ち入るには距離が遠すぎる。こうやって足を運ぶだけ、あの母親よりまだマシではある。充知の立場もあり、甚夜はしっかりと頭を下げた。

「君は、この手の専門家だと聞いた。どうだろう娘の様子は?」

「怪異に憑かれたと聞きましたが、事実は違います」

「というと」

「あれは、他者の不幸に特化した高精度の未来視。生まれつきの彼女自身の異能ですよ」

病気、怪我、戦争、死。訪れる不幸のみを映し出す、覆す余地のないほど正確な未来視。人の身でありながら人の枠を逸脱した、高位の鬼にも匹敵する生来の異能だ。

「治る治らないで論じるものではありません。鳥が空を飛ぶように魚が水の中を泳ぐように、彼女は未来を視る。死を振り撒くというが、別段何かをしたわけではない。亡くなった者達には申しわけないが、あの子が黙したところで勝手に死んだでしょう」

だから、こころが責められる謂《いわ》れはない。異能を利用し続けた柾之丞こそが元凶だ。そして、人は人と違うものを排斥する。当たり前の真理を教えられなかった周囲の者の咎《とが》だろう。

「待ってくれ。生まれつきというのなら、あの子は何故衰弱していく？」

「異能は生来でも、本人はそれを制御できていない。未来を覗き見るなど、もとより人の身には余る業。過剰発現する力に蝕まれ、彼女は遠からず命を落とす。自身の視る死の未来に、こころは喰われるのです」

それがかつて見《まみ》えた〈遠見〉の鬼女との違い。長くを生きる鬼と同質の異能に、脆《もろ》い人の体は耐えられない。

天保《てんぽう》七年（１８３６年）、丹後国《たんごのくに》・倉橋山で人面牛身の怪物『件《くだん》』が現れたという。そして病の流行や戦争、台風や旱魃《かんばつ》など災害に関するさまざまな予言をした。しかし件は、未来を視るとすぐに死んでしまった。そもそも未来視とは、そういうもの。命と引き換えに、今はまだ存在もしない未来を垣間見る業だ。覆せないほど正確ならば、なおさら行使するたび死に近づく。

「止める手段は」

「ありません。未来を視る度に命を削る。無為に死ぬと、生まれた時点で彼女の終わりは決められている」

祖父に利用され、周囲に疎まれ、孤独に死ぬ。その末路を彼女自身が受け入れてしまっている。こころはあやかしではなく、人の弱さ、欲望に呪い殺されるのだ。

「そんな。なにを馬鹿な」

信じられないとでも言いたげな父親の横を通り過ぎて、甚夜は屋敷を後にする。

声はかけない。苛立《いらだ》っていたせいだ。

今まで放っておいたくせに傷ついた面をする父親に対してではなく、何もできない自分が悔しかった。

◆

近頃、こころは毎日を楽しいと感じていた。

「鬼さんは、なんで鬼さんなの？」

毎日のように甚夜が通ってきて、幾度も言葉を重ねた。少し仲良くなれて、こころの方から話題を提供することも増えた。

「昔は人だった。惚れた女を殺されて、憎しみから鬼に堕《お》ちた」

「……よく分からない」

そのうちに甚夜の過去を知った。時折困ったような顔をして情けない男だと自嘲する彼が、こころには今一つ理解できなかった。

「なにが分からない？」

「失くして人じゃない何かになってしまえるほど、誰かを好きになれるものなの？」

やはり噛み合わない時は多い。種族や年齢が違うからではない。守り切れず失くしてそれでも拾い集めて生きてきた男と、初めから何一つ持っていなかった少女とでは共有できるものがない。

本当は分かっている。祖父は未来視の力を利用したかっただけ。それに従い続けて、自分は孤独になってしまった。そこを無視して嘆いてばかりの自分では、きっと彼を理解できないのだ。

「きっとそんな気持ち、分からないまま私は死んでいくのね」

誰にも惜しまれず、悲しまれることなく無為に死んでいく。こころは、とっくに生涯を諦めていた。

「昔から、なんとなく先が視えた。いつの間にか、はっきりと。もう今じゃ勝手に未来が視えて、その度に、私の中の何かがなくなっていく」

こころは投げ捨てるような軽さで語る。零れ落ちるものを繋ぎ留める手段はない。そして、その何かが尽きた時、この命もまた消えてしまう。哀しいとも怖いとも思えなかった。生に執着できるほど大切なものなんて、彼女は何一つ持っていない。

「お爺様が言ってた。視えた未来は逐一言わないと、大変なことになってしまう。私もね、そう思ったの。悪い未来が視えたら、ちゃんと教えて。そうすればきっと回避できるって」

けれど、そうではなかった。買い物の途中で通り魔に刺される。そう言われた家内使用人はいつもの道を避け、その結果として惨殺された。彼女の予言はあまりに正確で、避けようとしても必ず起こる。死の未来を視た時点で、死は既に確定している。そうと知らず祖父にかけられた呪いのまま彼女は未来を語り、それが間違っていたと気付いた時には誰もいなくなってしまった。

「それでも、お爺様が生きていた頃はまだよかった。だって役にも立てたもの。少なくともお爺様にとっては、私は価値があった。けど今は、無意味に命が削られていくだけ。それに最後にはたくさんの飛行機が爆弾を落として、火の海になる東京が視えてしまう」

大量の爆撃機による空襲で東京が焼かれて、日本は敗戦する。あの地獄のような情景は、いつか現実になる。未来を視てしまった以上は変えられない。

「みんな言ってた、あの娘は死を振り撒くって。多分、それは本当のこと。私はずっと死ぬまで、誰かの不幸だけを眺めていくの」

その言葉に甚夜は黙した。

重苦しい空気に、やはり自分は誰かを傷つけるだけなのだと思い知らされた。


それから数日。

ここのところ少し体の調子がよく、気分が乗ったこころは寝転んだまま両手を叩く。

「鬼さんこちら、手の鳴る方へ……」

鬼ごっこをしたことはないが、こういう言い回しがあるのだと本物の鬼に教えてもらった。だからといって、手を叩けば来てくれるなんて思ってはいない。ただ、なんとなくしてみたかっただけだ。なのに、ぎぃ、と扉が鳴った。

まさか、本当に？　そう思って寝転んだまま首を横に向ける。やってきたのは、鬼ではなく父親だった。

「お父様」

ここに来るのは久しぶりだ。母親とは違いそれなりに彼女のことを心配してくれるが、父が向ける目にはいつも恐怖が混じっている。死にたくない父は、こころを意識的に避けているのだろう。

「こころ、体調はどうだい」

その気持ちは、ベッドから離れた椅子に座るところからも分かってしまう。不満に思うほど親しくもない。父は母に弱く、こうやって来るのも目を盗んでのことだ。それだけでも十分だった。

「大丈夫」

「そうか、赤瀬から来た専門家は、なにか不快なことはしなかったか」

「ううん、別に」

時々上手く話がかみ合わない時もあるが、甚夜のことは決して嫌いではない。こんなにも誰かと話したのも、あたたかさを感じたのも初めてだった。だから、余計にかけられた水の冷たさが際立って感じられた。

「ところで、この屋敷を処分しようと思うんだ」

「なん、で」

「空気のいい高原の方が体にいい。治らないなんて、そんなはずはない。ちゃんと静養すれば、きっと快方に向かう。そうだ、無為に死ぬなんて」

父にとっては、最良の手段であり優しさだったのかもしれない。それが愛情ではなく最低限の義務であったとしても、こころを心配してのことだ。父は勘違いをしていた。強制的に視えてしまう未来はどうやっても止められず、零れ落ちる命を繋ぎ留める術《すべ》はない。田舎で療養をしたところで死ぬ場所が変わるだけだ。

「そんなの」

そんなの嫌だ。なぜ、少しだけあたたかさを知ってしまった今なのか。こころは父の言葉を拒否しようとする。

「い……あ、あぅっ」

なのに目の前が白く染まり、遠い景色が視えてしまう。心臓が締め付けられて呼吸が荒れる。ぱくぱくと口を開ける様は、まるで空気に溺れる魚だ。

ああ、まただ。体の中にある何かが失われる。代わりに垣間見たのは、母の姿だった。知らない男性と服を着ずに寄り添う母。それを父は責め立てるが、母は馬鹿にするような目をしている。男性の手には鉄の棒が握られている。衝動だったのか、追い詰められたような顔で男性は、父の頭を殴りつけた。部屋には、母の笑い声がいつまでも響いていた。

「だ、め」

こころには呪いがかけられている。視えた未来は逐一言うのだと、散々教え込まれた。唯一必要としてくれた祖父の言葉には逆らえない。そうしなければ彼女に価値はなかった。だから、それがいけないと知った今でも、朦朧とした意識は勝手に言葉を紡ぐ。

「お父様は、お母様に殺される。なんてかわいそう。裏切られてるのに、気付きもしないなんて」

そこでぶつりと意識が途絶える。

未来を視る度にこころの体は弱っていく。目覚めた時には歩くこともできなくなっていた。

その後、旧長谷部邸は処分され、こころは療養目的で長野の高原にある集落へ送られた。

一生困らないだけの金と共に預けられたのは、父がこころの言葉を信じたからだろう。不貞をする女よりは、気味が悪くても娘に金を残したかった。同時に、これ以上関わりを持たないという宣言でもある。

きっと父も、もうこころを見たくないのだ。

両手を叩く。

鬼さん、こちら。手の鳴る方へ。

虚しく響く音と声。

ほら、やっぱりそんなもの。誰も追いかけてきてはくれなかった。

◇

「甚夜、長谷部の家から連絡があった。『世話になった。もう来てくれなくても結構』だそうだよ」

遅れて、甚夜は充知から聞かされた。こころは療養のため東京を離れたらしい。

強制的に視える未来、その度に削られる命。無為に死んでいく少女のために、いったい何ができるのか。疑問は、答えが出ないうちに決着する。あの子に何もしてやれないまま、わずかな縁は解けて消えた。

3

昭和十七年（1942年）十二月。

長野県の北西に位置する伊之狭村は、二方向を山に囲まれている。

昭和十七年四月、のちにドーリットル空襲と呼ばれるアメリカからの攻撃があった。軍事的な被害は少なかったものの、民間人の被害もあって国に動揺が走る。日本軍の当初の優勢にも、陰りが見え始めていた。

伊之狭村は規模が小さい集落で周辺に軍事施設などもないため、開戦した後も比較的穏やかな暮らしが続いている。ただし近い未来で戦局は大きく変わり、この国は少しずつ追い詰められていく。それを、こころはずっと前から知っていた。

「……あ」

療養所の一室、差し込む光と朝の静謐《せいひつ》な空気に目を覚ます。

東京を離れて五年。十八歳になったこころは、ひどく衰えていた。頬はこけ、枯れ木の手足は触れるだけで折れそうだ。見舞いの客もおらず時間だけは余っているが、体が動かない。窓の外を眺めるのがせいぜいだ。幸いにも療養所の庭には花壇があり、きちんと世話をしているのでそれなりに景観もいい。日がな一日ぼんやり過ごし、それだけで疲れ果ててしまう。

原因不明の不治の病。医師はそう診断した。未来に蝕まれる命は、医学では繋ぎ留められない。

おそらく次の春は迎えられないだろう。

「だけど……」

願わくは、もう少しだけ生きていたい。

そう思ったのは何故だろう。しがみ付くほどのものなんて、なかったはずなのに。

ふるふると震える手をゆっくり重ね合わせて、かすれた声でこころは歌う。

「おーに、さん、こちら。手、の鳴る、ほうへ……」

いつか触れたあたたかさを、彼女は今も忘れられないでいる。

◆

長野の山でも十二月の始めだとほとんど雪はなく、代わりに多くの落ち葉が堆積している。

甚夜と井槌。二匹の鬼は、踏み入った山の開けた場所で焚火《たきび》を囲んでいた。

近代化の進んだ日本ではあるが、まだ地方は開発が進んでいない。出回る物資は少しずつ減ってきているが、こういった田舎では農作物を物々交換で分けてくれるところも多い。甚夜達は暦座で使う食料を集めるため、折を見てそういった集落を回っていた。

戦時中、甚夜や井槌は暦座を離れていた時期があった。彼らは鬼、あやかし相手ならばともかく、人と人との戦いに関わることを是とはできなかった。しかし、徴兵に応じない若い男がいては藤堂家に迷惑がかかる。昭和の初期の彼らは、旅がらすのような生活をしていた。

だからといって、完全に無関係も貫けない。甚夜にとっても井槌にとっても、暦座の面々は大切な家族だ。彼らはせめて物資面での助けになろうと、方々を巡っていたのだ。

「よし、そろそろ焼けたな」

山道の途中、薪に火をくべて男同士顔を突き合わせての夕食。なんとも侘《わび》しいが、今のご時世食えるものがあるだけありがたい。

ぱちぱち木の爆《は》ぜる音が響いている。焚火にかけられた串に刺した肉。甚夜は、そのうちの一つを手に取って乱雑にかぶりつく。少し焦げ目が付いて、ちょうど食べ頃だ。味付けはしていないので多少物足りなくはあるが、十分美味い。

「食わないのか？」

「いや、だがよ」

焼けた肉は中々いい匂いで、垂れる脂も食欲をそそる。甚夜はすぐに一つ目を平らげたが、井槌の方は先程から歯切れが悪い。せっかくの食事だというのに、しかめ面で焚火を眺めるばかりだ。

「毒のある頭はとったし、そもそも毒で死ぬほどヤワでもなかろう」

「そうじゃなくてだな。へび、蛇か」

肉は甚夜が捌《さば》いた蛇である。蛇は寒くなると冬眠するが、土中の浅いところに隠れるため慣れると捕まえるのはむしろ楽だ。開いて焼いたので火はしっかり通っているし、頭は落としてあるので毒の心配もない。ただ捌く工程を見ていたせいか、井槌は食欲が湧かないらしい。

「結構美味いんだがな」

「だとしても、たった今捕まえて十秒かからず捌いた蛇だぜ」

甚夜は何の抵抗もなく二つ目の肉を頬張る。食べ物がないのだ、どんなものでも口に入れなければいけない。だが、井槌は明治生まれの、東京周辺で人に紛れて育った鬼だ。洋食だのなんだののハイカラな料理が珍しくない時代しか知らない彼には、辛いものがあるようだった。

「お前は、普通に食うんだな」

「確か、天保の頃だったか。私はまだ子供だったが、ひどい飢饉があってな。その時によく食べた。幸い葛野は近くに森があったから、山菜や野草もな。後は、虫も意外にいい味」

「やめろぉ、聞きたくねぇ!!」

鬼のくせに虫に対して嫌悪感を露《あら》わにしている。確かに虫の異形《いぎょう》具合は鬼の目から見てもかなりのものだが、慣れるとそこそこ食べられる。イナゴの佃煮などは酒の肴《さかな》としてもいける。虫に比べれば蛇はまだマシだと促せば、井槌は恐る恐る焼きたての肉に口をつける。

「どうだ。癖がなくて食べやすいだろう?」

「ほんとに悪くねえのが悔しい」

外見とは裏腹に、意外と淡泊で身は柔らかい。塩味は足りないが蛇の肉自体は美味いのだ。

「毒蛇でも、頭さえ落とせば問題なく食える。むしろ蛙の毒の方が怖い。私のおすすめは蜂だ。成虫は炒ると歯触りがよく、幼虫はそのままでも案外いけるぞ。虫や蛇と違って、野草はちゃんとした知識がないと食べにくい。致命的な毒草が混じる場合もあるからな。まあ、鬼の身ならそこまで気遣うこともないが」

「ちくしょう、知りたくねえ知識がどんどん増えてくぜ」

結局、井槌は二つ目に手を伸ばす。後は酒でもあれば言うことなしだが、それは贅沢だろう。

「この国は、マジで滅びちまうのかねぇ」

食事を終えて井槌がぼんやりと呟いた。先のミッドウェー海戦の敗北により大打撃を受けた大日本帝国は、この戦争における主導権を奪われた。軍も多くの戦力を失い、国はまだ負けないと嘯《うそぶ》いているが、甚夜達の頭には敗戦の二文字がちらつき始めている。そして、戦に負けた国の末路はろくなものではない。

「さて、私達の与《あずか》り知らぬところだ」

「他人事じゃねえか」

「そういうつもりはないが、この国の選択なら、我らあやかしもまた従わねばなるまい」

諸外国の兵隊が芳彦らに手を出そうとするなら抗うだろう。それでも、人の理《ことわり》から外れた者が人の行く末に関与するのは間違っている。刀の届く範囲で足掻《あが》くのが、彼ら鬼に許された限界だ。だいたい鬼がいくら強くても、空を飛ぶ爆撃機はどうにもならない。

その辺りは井槌も納得しているところ。芳彦らを思えば胸中は複雑だが、彼も分かってはいるのだ。

「まあ俺らにできるのなんざ、明日食う飯の手配くらいのもんか」

「そういうことだ」

「うっし、なら休んだし、さっさと行くか」

鬼の体力なら夜通し歩いても問題はない。早く目的地へ向かおうと、井槌は両の手で自身の頬を叩き気合いを入れ直す。そういう切り替えの早さは彼の強みだが、夜の山道は避けるべきだ。

「いや、ひと寝入りして朝に動こう」

「あん？　お前がそう言うならいいけどよ。ああ、これから向かう集落って、なんて言ったか」

改めて地面に寝っ転がる井槌に淡々と答える。

「伊之狭村だ」


そうして朝になってから山道を歩き、昼頃には伊之狭村に辿り着いた。故郷の葛野と同じく山間にある小さな集落だ。

定期的にタタラ炭を作っていた葛野とは違い、澄んだ空気が心地よい。白菜が村の主産物であるらしい。まずは村長の老翁に会い、東京から持ってきた農具やら食器、日用雑貨と引き換えに白菜をいくらか分けてもらった。冬の山菜は少ないが、ノビルのように年中採れるものやフユヤマタケのように雪の頃まで残るキノコもあるそうだ。村の女衆に手伝ってもらい結構な量が集まった。これなら希美子達も喜んでくれるだろう。

「ありがとうございます」

「いえいえ、お二方のおかげで私達も助かりました。なにせ男手が少なくなっていますから。力仕事を任せてしまい申しわけないくらいですわ」

村長は機嫌がよさそうに笑う。田舎の村でも、戦争で人手をとられた。おかげで若い男というだけで重宝され、いくらか雑事を請け負えば感謝してもらえた。お互い様だというなら、こちらとしても気が楽になる。礼を言い合ってとりあえずの目的は達した。

「では、井槌。すまないが」

「おう、またいつものか？」

「ああ」

後は、もう一つ調べておきたいことがある。食料をもらいに色々な集落を回った。甚夜はその先々で、必ず療養所を覗いた。

井槌には理由を説明していないが、どうせそれほど時間はかからないと特に気にしていないようだ。そういう態度はありがたい。なにせ聞かれても上手い答えは返せそうもなかった。未来視の少女を気にかけていた理由を問われても、彼自身よく分かっていない。強いて言うなら、あの日なにも言ってやれなかったからだろうか。

長谷部の家には、もう来てくれるな。充知にそう聞かされてから程なくして、旧長谷部邸は無人となった。新たな邸宅を訪ねても門前払い。そうこうしているうちに、風の噂で長谷部の家で起こった事件について聞いた。

現当主、つまりこころの父親が死んだという。表向きは事故という話だが、人の口に戸は立てられない。なんでも妻は他の男とできており、邪魔になった夫を殺したとか。義父や夫が死に、娘も追い出した。まんまと長谷部の家を乗っ取った女は、情夫と優雅に暮らしているそうだ。そんな女がこころの行方を知っているはずもない。探そうにも「前もって父親が空気のいい療養に適した村に移した」という情報だけでは、足取りを追うこともできなかった。

こころとのことは、今も中途半端なまま。だから妙なくらい気になってしまう。できるなら、また会っていつかの話の続きをしたい。そんなことを考えながら、何かの偶然があれば程度の気持ちで療養所を訪ねる。

「長谷部こころさん、ですか。ええ、ええ。その方ならうちで長期療養をされていますよ」

そうしていくつもの集落を回り、甚夜はようやく彼女を見つけた。

◆

「長谷部さん、調子はどうですか?」

「気分は、悪くないよ」

目覚めてしばらくすると、看護師が様子を見に来た。覗く以外には何もしない。療養とは名ばかりで、こころは寿命が尽きるのを待つだけだ。

「今日はいい天気ですよ」

「ほんとだね。庭の花が、とってもきれい」

かつて生意気な物言いをしていた彼女は、死を目前にしても今までにないくらい落ち着いている。遠からず死んでしまうと実感できるようになって、ベッドから外を眺めるだけの生活に慣れた頃、ようやく色々と考えるだけの余裕ができた。

未来は逐一伝えろ。祖父の言いつけを守ってきたのは、そうするのが正しいと思えたからだ。

期待に応えたくて怪我や病気、戦争に死、たくさんの不幸を視続けた。そうやって未来にだけ焦点を合わせていたから、きっと見えないものがあったのだろう。

その結末が、誰も彼もに疎まれる死を振り撒く娘。未来ばかりを視ていたから、こころに怯える人たちの顔も、祖父が本当は愛してくれてないということも見えていなかった。

「では、またお昼に」

「うん、ありがとう」

にっこりと笑って看護師は病室を出ていく。

相変わらず、時折未来は過《よぎ》る。けれど、ここでは何も言わない。それだけで周囲の態度は軟化した。死んでしまうと指摘されるのは嫌なこと。そんな簡単な気持ちにさえ気付かないくらい、以前のこころは目が曇っていた。

「あーあ……」

もう少し早く気付きたかった。そうすれば変わるものだってあったかもしれない。両親はあんな破局を迎えなかったし、家内使用人を不必要に怖がらせることもなかった。噛み合わなかったあの鬼との会話も、今なら上手くできるような気がする。

こういう時、よく思い出すのが、祖父と父以外で唯一部屋を訪ねてくれた鬼さんだ。なぜ彼が、そうまで気にかけてくれたのかは分からない。当時は生意気ばかり言っていたけれど、思い返せば楽しかった。だから残念だと、こころはほんの少し拗《す》ねたように唇を尖らせる。できるならまた会いたいと思う。以前のように話がしたいと、叶わないことを夢に見ていた。

何もせずただ庭を眺める一日は、とても長い。他の誰かより早く死ぬだろうに、どうしてこうも長く感じるのか。昔はもっと違ったような。いや、今と変わらなかったような気もする。もうよく覚えてもいない。会話しているうちに、いつの間にか疲れて眠くなってしまう。そんな長く短い戯《たわむ》れもあったはずだ。

ぼんやりと時間を潰していると、扉の向こうから「失礼します」と声が聞こえた。食事の時間ではない。検診は、まだ少しあと。何の用かと寝転がったまま首だけをどうにか横へ傾ける。すると看護婦に案内されて、体格のいい男性が顔を出した。

「ああ、こころ。すまない、少し来るのが遅くなったな」

息を呑む。懐かしい、あの頃と変わらない声だ。屋敷を離れるのが嫌だった。なぜ少しだけあたたかさを知った今なのかと、父を恨みもした。未来には希望がないと知っていたから、遠く離れてしまえばそれで終わるものだと思っていた。

「鬼ごっこ、って。すごいね」

遠い昔にほどけてしまった繋がりが、また結ばれる。垣間見た未来にはなかった景色が、ここにあった。

「歌ってたの。鬼さんこちら、手の鳴る方へって。そしたら、ほんとに鬼さんが来てくれた」

どこか子供っぽいこころの物言いに、鬼は静かな笑みを落とす。五年という歳月をひと息で乗り越えるかのようだった。

「そいつは、よかった。さて、今日は何を話そうか」

彼は、あの頃と同じようにベッドの傍の椅子に腰を下ろす。
そうして、いつか途切れてしまった噛み合わないお話の続きを二人は始めるのだ。

4

「あん？　しばらく滞在する？」

「知人がここの療養所にいてな。すまないが、先に戻っていてくれないか」

「いやまあ、そりゃいいけどよ」

　翌日、甚夜はしばらく伊之狭村に滞在する旨を伝えた。いきなりのことで井槌は怪訝そうな顔をしているが、真剣さが伝わったのか簡単に頷いてくれる。

「そんじゃ、荷物類は全部預かんぜ。そうだ、どうせここに居んなら村の雑用も手伝って、戻ってくる時にもっかい食料もらって来いよ。芳彦先輩らも喜ぶしな」

「ああ、そうしよう。では頼んだ」

「おう、まかせな」

　こういった辺り、井槌はさっぱりとした性格で助かる。白菜にキノコ、山菜類をひとまとめにして背負い込み、早く暦座のみんなに届けてやろうと村の出口へと向かう。途中、はたと何かに気付いたのか、彼は足を止めて首だけで振り返った。

「なあ、鬼喰らいよ」

「どうした？」

「前から思ってたんだけどよ。俺らが食いもんをもらいに行く村って、絶対でかい療養所がないか？」

「……そうか？」

甚夜は食料をもらうため集落に訪れると、毎回療養所を覗いていく。既に五つか六つ田舎の村を訪ねているが、その全てに設備の整った療養所があるというのは中々の確率だ。

「まあ、よく野菜のとれる場所、つまりは空気のいい穏やかな土地を優先しているからな。当然療養所もあるさ」

結核など治療法のない病に関しては、大気安静療法というものが一番だとされる。しっかり栄養をとり、山の綺麗で冷たい空気を吸って後は安静にする。抗生物質がなかった時代、こういった民間療法が最善と信じられていた。

つまりは単なる偶然だ。食料を求めた彼らは、空気のよい田舎を回っている。療養所は空気のよい静かな土地に建てられるもの。ならば行く先々にあっても不思議ではない。そこに「原因不明の病を患った誰か」がいたところで驚くような話でもないだろう。

「ほぉ、そんなもんか」

納得したのかしてないのか、井槌は微妙な顔でこちらを覗き込んだがすぐに引き下がる。なんだかんだこの男は、暦座に愛着を持っている。多少疑問には思いつつも、尊敬する芳彦とその家族を優先して今度こそ村を出た。

去り際に見せたのは、含み笑いだったような気もした。案外分かっていて知らないふりをしてくれたのかもしれない。

井槌の姿が完全に見えなくなったのを確認してからその場を離れる。

多分退屈をしているだろうから、少しだけ早足になった。

◆

予期していなかった再会に、こころは浮かれていた。

「長谷部さん……あら？」

看護師がいつものように病室へ訪れて、見慣れない男性の姿に驚くことさえ面白い。

療養所でのこころは金だけは払ってもらえているが、両親に見捨てられたかわいそうな子供だ。

実際、この五年で見舞いの客は一人も来なかった。けれど今日は甚夜が様子を見に来て、ゆったりと会話をしている。その姿を誰かに見せられるのが嬉しかった。

「あっ、看護婦さん」

「こんにちは、長谷部さん。確か、葛野さんでしたか？」

「うん、鬼さん。東京にいた頃、よく家に来てくれたの」

「ああ、近所のお兄さん」

村では、雑貨品と食料を交換しに来た東京住まいの青年ということになっているらしい。こころの出身も東京なので、ここで偶然にも再会したと思われているようだ。

「よかったですね。調子もよさそうですし、私はこれで」

邪魔をするのも悪いと看護師はそそくさと退室し、数瞬の間を置いてこころは小さく笑った。

「お兄さん、だって」

「まあ、鬼とは思わんだろう」

「そうだけど」

ちょっとしたことなのに頬が緩む。東京にいた頃からは考えられないくらいだ。

「いい景色でしょう？　窓からの眺めが、私のお気に入りなの」

ついと視線は窓の外へ。庭ではぎざぎざの艶やかな緑葉と、白い四片の小花が咲いている。こうした何気ない景色を楽しんだりできるようにもなった。皮肉ではあるが、気分はそんなに悪くない。

「柊《ひいらぎ》か」

「ひいらぎ？」

「冬に咲く花で、木犀《モクセイ》の仲間だ。古来より魔除けとして庭に植えられる。患者達へ厄が訪れないようにという気遣いだろう」

「そうなんだ。知らなかった」

五年経って初めて花の名を知る。看護師達が毎日庭の世話をする意味にも気付かなかった。その事実に、改めてこころは思う。

「私ね、未来が視えるから、周りの馬鹿な大人よりよっぽど物を知ってるって思ってた。なのに、花の名前も知らない。違うね。そんな簡単なことさえ、知ろうともしなかった」

懺悔《ざんげ》に近かったかもしれない。離れていた時間なんてなかったように心の内を伝える。

「昔から、なんとなく先が視えた。いつの間にか、はっきりと。もう今じゃ勝手に未来が視えて、その度に、私の中の何かがなくなっていく」

未来に希望を失くした少女は、ゆっくりといつかの言葉をなぞる。

「最後には……たくさんの飛行機が爆弾を落として、火の海になる東京が視えてしまう。みんな言ってた、あの娘は死を振り撒くって。多分、それは本当のこと。私はずっと死ぬまで、誰かの不幸だけを眺めていくの」

少女は不吉な未来を視る。病気や怪我、戦争に死。どうにもならない景色を彼女の瞳は映す。それを止める術はない。

「……なんて、ね。そう言っておきながら、結局は見えていなかったんだと思う」

瞳は覆しようのない未来だけを映し出してしまう。苦悶に倒れる祖父、頭蓋を叩き割られる父、焼夷弾で焼け爛《ただ》れる母。家族の死に様さえ垣間見てしまうこころは、唯一視えない自身の未来にも希望を持てなかった。

だけど、何もできず目前の死を待つだけの身になって初めて分かったこともある。

「映し出される終わりが怖くて、そこに繋がる日々を嘆いてばかり。ずっと未来ばかりを視ていたから。私には、今が見えていなかった」

花を綺麗と言いながら名前も知らず、込められた心を見過ごしていたように。未来ばかりに囚われて、本当に見なければいけないものを見逃していた。それが、ようやく間違いだと気付けた。訪れる悲劇を憐れむのではなく、失われていくものをこそ大事にすればよかった。そうすれば、きっといろんなものに優しくなれた。

「もしそれに、もっと早く気付いていてたなら。お母様に裏切られて死んでいくお父様の、味方をしてあげられたかなぁ」

最後には無残な終わりを迎えるからどうでもいいと投げ捨てるのではなく、報われない結末だったとしてもその瞬間まで寄り添う。そういう生き方を選べていたのなら、未来は覆せないままでも繋ぎ留められたものだってあったかもしれない。

「お互い上手くはいかないものだな」

ベッドに横たわったまま涙さえ流せないこころの手に、甚夜がそっと触れる。

「私も、視えていなかった」

力の入らない声だった。

「惚れた女を妹に殺された。憎しみのままに刃を向けた。強くなりたくて、それだけが全てだった。いつか再び相見える日のために生きてきた。けれど、心は変わる。歳月を重ね、大切なものを拾ってきた。私はかつてよりも弱くなり、しかし辿り着いた今を大切と思えるようにもなった」

それは自らの歩みを誇るのではなく、叱られた後の言いわけのように聞こえる。

「だが、それだけ。今を幸福と思えば思うほど、決断するのをずっと避けていた。いずれ訪れる不吉な未来を見ようとしなかった。明確な答えを出すのが、その結果を直視するのが、本当はとても怖かったんだ」

だからこころに何も言ってやれなかったのだと彼は言う。

慰めを口にする資格はない。こころに今が見えていなかったというのなら、きっと甚夜には未来が視えていなかった。多くを失くし、それでも辿り着いた今を大切にし過ぎて未来の決断から目を逸らしていた。

強いと思っていた彼は、その実ひどく弱くて頼りなかった。

「そっかぁ。なんだか嬉しい」

「嬉しい？」

「うん。鬼さんと、一緒。私達、見えてないものが多かったね」

「ああ、本当に」

二人が噛み合わなかったのは、なまじ形が似ていたから。同じでっぱりがぶつかり合って、上手くはまらなかった。

「鬼さん、いっぱいお話ししよう。大切なこともくだらないことも、いっぱい」

今ならもっと素直にお喋りできる。失われていくこの瞬間さえ大切だと感じられた。

「そうだな、そうしようか」

甚夜も穏やかにそれを受け入れてくれた。

少女と老翁。人と鬼。未来と今。

まるで違うが、互いは確かに通じ合った。

そうして眠くなるまで、こころたちは大切な言葉を交わし続けた。

◇

その日から、また甚夜はこころの下に通い始めた。

「いらっしゃい、鬼さん」

「手の鳴る方へ、と呼んでくれたか？」

「してないよ。だって、ちゃんと来てくれるから」

未来は覆せず、どうしたって終わりは訪れる。互いの心の持ちようが変わっても、結末は最初から決まっていた。

「私ね、お母様のこと、本当は大っ嫌いだったの」

「あまり母親を悪く言うのは、と窘《たしな》めるべきだろうが、正直、印象はよくなかったな」

「はっきり言ってもいいよ」

「胸糞悪い女だった」

「ふふ、でしょ？」

それでも彼らは色々なことを話す。療養所のごはんはおいしくない。最近は、いい酒が手に入らない。焼いた蛇が美味いと甚夜が言えば、思い切り嫌そうな顔をされた。映画や読本、娯楽に関して。意味のない雑談は楽しいが、長時間になるとこころの声は弱々しくなってしまう。しかし息が荒れて顔色が悪くなっても、この瞬間を続けていたいと彼女はお喋りを続ける。

「いろんなこと、したかったな。見たいものもたくさんあった」

「例えば、どんなことを？」

「鬼ごっこ。はしゃいで、走り回って。着飾ったりも。あと、キネマ館。鬼さんのところに行って映画を見るの」

無理だと知っているが、言うだけならタダだ。こころはやりたかったこと、行きたかった場所を指折り数える。

甚夜は穏やかに耳を傾けていた。叶わない願いを黙って聞いていると、こころは悪戯《いたずら》っぽい笑みを浮かべた。

「あとはね、海。海を見てみたい」

生まれてこの方、彼女は海を見たことがない。そもそも屋敷から出られなかったし、せっかく療養所に来たのに山の方だった。どうせなら海の見える場所がよかったのにと、反応に困ることを言う。

「お爺様のくれた本に書いてあった。海は命の源で、魂の還る場所なんだって。きっと、もうすぐそこに行くから。その前に、一度でいいから見てみたかった」

無理だと分かっているから言ってみた、くらいのわがままだったのだろう。だからこそ自然に甚夜は答えていた。

「なら、行こうか」

辺りはもう夜。そもそも長野に海はない。普通に考えればただの冗談だが、こころは真剣に受け取ってくれた。

無理をしてはいけない、安静に。普通なら窘めるべきなのにそうしなかった。

「連れてってくれる？」

「ああ、いいよ」

こころは精一杯手を伸ばし、甚夜もその手をしっかりと握りしめた。

これが最後の願いになると、お互いに知っていた。


甚夜は走るのが遅い。いつも必死に走っても間に合わないことの方が多かった。

けれど、夜が明けるより早く海に辿り着きたい。

抱きかかえた彼女が負担を感じないよう体のぶれを極力減らし、自身にできる最速で疾走する。走って海までなんて、我ながら馬鹿だとは思う。けれど耳元で聞こえる安らかな寝息が足を前に進める。灯りは星と月だけだが、暗い山道も苦にはならない。

鬼に堕ちたことをこんな形で感謝する日が来るとは、想像もしていなかった。無駄に丈夫な体と〈疾駆〉を駆使して、ひたすらに海を目指す。鬼の異能では、本当に叶えたい願いだけは叶えられない。けれどこれは、甚夜ではなくこころの願いだ。体の負担を無視して祈るように異能を維持し続ける。そのおかげで日が昇るより早く、彼女の願いを叶えてあげられた。

「……すごいね」

初めて見る海に、こころは感嘆の声を漏らした。

藍色が少しずつ赤みを帯びていく。濃淡のついた空の下、広がる青ざめた水面。浜辺で並んで座り、静かに波の打ち寄せる夜明け前の海を眺める。

「いくら未来が視えても海がこんなに広くて綺麗だなんて、今の今まで知らなかった」

初めて見る海に、彼女は声を震わせた。

ざざ、ざざ。

波の音に紛れ、掠《かす》れるような呼吸。触れた手の冷たさは冬のせいだろうか。

「夜明け前もいいが、朝焼けに染まる海も綺麗だぞ」

「本当？　楽しみだなぁ」

甚夜の肩に頭を預けて、ぼんやりとこころは海を見る。

疲れているのではない。きっと、彼女は。

「ありがとう、わがままを聞いてくれて」

「なに、この程度かまわない」

彼女は遠くないうちに死ぬ。弱っているのは、体でなく魂。死の未来に、今度は彼女自身が飲み込まれてしまう。

「……大丈夫、ちゃんと見えているから」

だが、悔いはない。そう伝えるように、触れる手にほんの少し力が籠った。

「不幸な未来じゃない。間違え続けたこの瞳にも、今が、大切なものが見えているの」

心配しないで。失われていく命さえ、きっと今なら愛おしく思える。死の際にあって、少女の瞳は未来ではなく今この瞬間を映し出している。

「ねぇ。鬼さんは、長生きなんだよね？」

「ああ」

甚夜はこれからも生きる。まだ予言された破滅の未来に向かう道の途中だ。それを遥かに年下の娘が不安そうに見つめている。

「ちょっと心配。鬼さん、危なっかしいし」

「だが、私も。いずれはけじめをつけねばならないのだろう」

「うん。じゃあね、臆病な鬼さんの代わりに私が未来を視てあげる」

ざざ、ざざ。

潮騒の中、か細い少女の声が耳を擽《くすぐ》る。

空の赤みが増した。夜明けが近づいているのだ。

「遠い未来で、あなたはたくさんの笑顔に囲まれているわ」

人の弱さや欲望に呪われ、死を振り撒くと疎まれた少女は、初めて己の意思で未来を告げる。

「いつか大切な答えを見つけて困難に打ち勝って、幸せな結末を手に入れる。その時には、あなたも心からの笑顔でいられる。そういう未来が視えるの。ね、安心した？」

その未来が真実かどうかは、甚夜には分からない。それでも想いは受け取った。

「ああ、安心した。君がそう言ってくれるなら、これから先も怖くはない」

「よかった。後は……」

満足げに頷いて、こころはゆっくりと身を乗り出す。顔を近づけると、甚夜の右の瞼《まぶた》にそっと口付けて照れたように微笑んだ。

「おまじない。鬼さんは今ばかりを見ているから、ちゃんと未来を視られるように。……どうかその瞳に私の心が宿りますように」

「あたたかいな」

「そうだね」

冷え切った手を重ね合わせたのに、何故か温かいと感じる。

こころの頭が小さく揺れた。もう目の焦点が合っていなかった。

「そろそろ夜明けか」

ざざ、ざぁ。波の音が遠くなった。

朝日に染まる海は波打つ度に光を乱反射して、薄い藍の空と溶け合う。

きっとこころには何も見えてない。夜明けの海の潮騒に耳を傾けている。

「きれい、だなぁ。こんなにきれいな景色を見たのは初めて」

「ああ、本当に」

なのに彼女は、それを綺麗だと言った。

答える甚夜も、よく見えていない。どうしてか視界が歪んでしまっていた。

それでも美しいと思う。胸に宿る温度が、夜明けの海を眩しいと感じていた。

「ここに、これて、よかった」

ちゃんと同じものを見ている。

希望のない未来を嘆いていた少女は、ここに見えなかったものの美しさを知った。

そうして彼らは互いに体を預け合い、いつまでも潮騒の景色を眺めていた。

◆

昭和の初期に出会った未来視の少女。

垣間見る終わりに蝕まれ、儚く命を散らしたこころの話だ。

最初から何一つ変わらない。彼女は無為に死ぬと、生まれたその時から決定されていた。未来は覆せない。こころにとっては、それだけが真実だった。

けれど最後の最後に触れ合えて、伝わったぬくもりがあった。

それが救いになったかどうかは、今も分からない。

ただ、ふと思い出すこともある。

代わりに未来を視ると言ってくれた彼女の優しさを。


戦後、高度経済成長を迎えて日本の在り方は変わった。

復興を果たしてさらなる発展を遂げたが、その隅で廃れていくものもある。交通の便の悪い伊之狭村は過疎化し、今では住む者が一人もいない。こころが晩年を過ごした療養所も、そのまま打ち捨てられているそうだ。多少の寂しさは覚えるが、それも仕方ないとは思う。変わらないものなんてない。最後まで歩みを止めなかった男が、変わってしまった離れた景色をとやかく言うのは卑怯だろう。

甚夜は一度瞼を閉じ、ほんのわずかな郷愁に浸ると再び瞼を開く。目の前には、騒がしい教室の景色が広がっている。

「じゃあ、夏休みは海で泊まり。決定でいいかな？」

「おう！　っていうか姫川さん、調整任せちゃっていいのか？」

「うん、いいよ。去年もやってるから藤堂君よりも慣れてるし」

「なんか申しわけないなぁ」

目的地は決定したが、夏樹は細かな計画を立てるのに自信がない。ならばと、みやかが進んでそれを請け負った。性格は奥ゆかしいが、こういう機会があると大概リーダーに収まるのは彼女だ。もう慣れたのか、少し大人になったのか。彼女は決して面倒臭そうな顔はせず、ゆったりと穏やかにそれを受け入れていた。

「じゃ、また皆で買い物ね」

萌が音頭をとり、女性陣は今日にでも買い物に行くようだ。

夏休みを前にして、周りは大いに盛り上がっている。今年も海。保護者なしで旅館に泊まりというのは初めての者が多く、待ちきれないとばかりにはしゃいでいた。

たくさんの楽しそうな笑顔に囲まれながらも、甚夜は切なくなった。

今を幸福と間違いなく呼べる、だからこそ考えた。

あの時彼女が視た未来の中に、自分はちゃんといるのだろうか。……心から、笑えているかな?

答える者はいない。

こころが視た景色を知る術《すべ》はなく、けれどこの瞳は未来を視てくれている。

知らず手は右の瞼に、こころの想いにそっと触れる。未来視の少女を喰ったわけではない。本当は能力的な意味では、この瞳は以前と何も変わらない。けれど、宿るものが確かにあると信じられる。彼女が視た景色に辿り着いたのだと、そう自惚《うぬぼ》れられる。単なる勘違いでも構わない。今はただ、柔らかな錯覚に身を委ねていたかった。

「また、楽しい旅行になるといいね」

みやかが、以前よりも柔らかくなった微笑みで声をかけてくる。

「そうだな」

「あ、でも、本当に海でよかった?　私達に気遣って遠慮してない?」

「いや。私も海は好きだよ」

「そっか。なら、嬉しいな」

そこに嘘はない。いつか聞いた夕凪《ゆうなぎ》の海も皆で遊んだ昼間の海も。こころと二人眺めた夜明けの海も、どれもが美しいと感じられた。だからきっと、この夏休みも楽しくなる。

「大丈夫だ、視えているよ」

今の幸福も、その先にある景色もしっかりと。

教室の窓に切り取られた空を見る。

差し込む日差しを避けるように甚夜は手を翳《かざ》す。
重くなった空の青さと澄み渡る夏の気配。
その向こう側に、懐かしい彼女の微笑みを見た。

この物語はフィクションであり、実在の人物、店、企業、団体等には一切関係ありません。

中西モトオ（なかにし もとお）

愛知県在住。WEBで発表していた小説シリーズ
『鬼人幻燈抄』でデビュー。

鬼《き》人《じん》幻《げん》燈《とう》抄《しょう》 平成編《へいせいへん》 泥中之蓮《でいちゅうのはす》

2023年11月25日　第1刷発行

著　者　中西《なかにし》モトオ

発行者　島野浩二

発行所　株式会社 双葉社
〒162-8540 東京都新宿区東五軒町3-28
電話 営業03(5261)4818
編集03(5261)4804

印刷所　中央精版印刷株式会社
製本所　中央精版印刷株式会社

ISBN978-4-575-24697-1　C0093　
定価はカバーに表示してあります

双葉社ホームページ　http://www.futabasha.co.jp/
(双葉社の書籍・コミック・ムックが買えます)